KB122202

초판 1쇄 발행 ┃ 2021년 9월 10일
초판 2쇄 발행 ┃ 2022년 10월 20일

지은이 ┃ 전혜진
펴낸이 ┃ 박명환
펴낸곳 ┃ 비즈토크북

주 소 ┃ 서울시 마포구 와우산로 3길 15 (상수동, 2층)
전 화 ┃ 02) 334-0940
팩 스 ┃ 02) 334-0941
홈페이지 ┃ www.vtbook.co.kr
출판등록 ┃ 2008년 4월 11일 제 313-2008-69호

편집장 ┃ 경은하
마케팅 ┃ 윤병인 010-2274-0511
디자인 ┃ 이미지공작소 02)3474-8192
제 작 ┃ 삼덕정판사

ISBN 979-11-85702-25-4 03800

비즈토크북은 디자인뮤제오의 출판 브랜드입니다.

나는 나를 갖고 싶다

전혜진 글

BIZ
TALK
BOOK

———————

눈뜨다

수영에 자신감이 조금 붙었을 때다. 튜브를 내던지고 바다로 뛰어들었다. 시간 가는 줄 모르고 노는 틈에 해변에서 꽤나 멀어졌다. 함께 온 가족들을 찾기 위해 백사장을 둘러봤다. 너무 멀어져 버려 사람들의 움직임만 보일 뿐이다. 덜컥 겁이 났다.

다시 돌아가기 위해 바닥을 치려고 아래로 발을 내디뎠다. 순간 바닥에 발이 닿지 않았다. 무서웠다. 수심을 확인하기 위해 숨을 참고 수면 아래로 내려갔지만 역시 바다의 모래는 느껴지지 않았다. 당황한 나는 헛발질을 하며 허우적대기 시작했다. 그사이 파도에 휩쓸려 더 깊은 바다로 떠밀려 갔다.

발버둥 칠수록 입안으로 바닷물이 들어왔다. 살려 달라고 외칠 수도 없었다. 무의식적으로 무언가 움켜잡으려 했지만 소용없는 짓이다. 물만 손가락 사이로 빠져나갔다. 몸에 힘이 들어가 자꾸 물속으로 가라앉았다. 구름 한 점 없는 맑은 날씨였지만 눈앞이 깜깜했다.

어디선가 누가 그랬지. 물에 빠졌을 때는 몸에 힘을 완전히 빼고 하늘을 보고 반듯하게 누우라고. 호흡을 진정시키고 최대한 몸에서 힘을 뺐다. 긴장되어 웅크려진 몸을 하나하나 폈다. 침대에 눕

듯 하늘을 보고 천천히 누웠다. 고개를 돌려도 아무것도 볼 수 없었다. 아무 소리도 들리지 않았다. 오직 귓가에 치대는 물결의 일렁이는 소리와 나의 심장 소리뿐이다. 몰아치듯 쿵쾅대던 심장 소리는 어느덧 잠들었다.

바다에 몸을 완전히 맡기고 나서야 바다와 함께 내 몸이 움직이는 것을 느낄 수 있었다. 조금 전까지 나를 빨아들이는 듯했던 바다는 나를 받쳐 주고 있었다. 바다와 하나가 된 것 같았다. 무저항의 상태에서 평화로움을 느꼈다. 눈을 감았다. 불과 몇 분 전만 해도 죽을 것만 같았던 나는 사라지고 없었다.

하늘을 향해 누워 있는 내게 보이는 건 오직 태양뿐이었다. 다른 것은 보고 싶어도 볼 수 없다. 강렬하고 눈부신 태양만이 있다. 태양과 내가 일대일로 마주하고 있었다. 멀리서 나를 부르는 소리가 들렸다. 소리가 들리는 방향을 향해 바로 몸을 틀었다. 더 이상 수면 아래 바닥을 확인할 필요가 없었다.

그날, 세상은 내가 깨달아야 할 모든 이치를 다 가르쳐 주었다. 지식에 빠져 있던 나를 진짜 삶으로 끌어내 주었던 결정적 단서가 되었다.

우리는 비슷한 시간의 흐름을 공유한다. 사람에게 흐르는 시간은 대부분 일정하다. 유치원에서 시작하는 배움은 대학을 넘어서까지 계속된다. 때에 맞춰 경제 활동을 시작하고 소유물을 늘려 간다.

결혼과 자녀 양육, 노후에 이르기까지 일생의 패턴에서 만나게 되는 경험은 그다지 다르지 않다. 그사이 무너지고 일어나고 얻고 잃고 만나고 헤어지고를 반복할 뿐이다. 그러고는 관 속으로 들어간다. 누구도 피할 수 없다.

나 또한 스스로 최면을 걸며 그 길을 열심히 걸었다.

이것을 해내면 성공할 거야.
이것을 마치고 나면 달라질 거야.
이것을 가지면 행복해질 거야.
이것이 끝나면 좋아질 거야.

결국 마지막에 닿을 곳은 죽음이라는 것을 알면서도 도리가 없다. 남들이 하는 것을 할 수밖에 없었다. 왜 해야 하는지 잘 모르겠지만 어쨌든 지금 살아가야 하니까.

싸우려 들면 들수록 갈등은 깊어지고, 부정하려 하면 할수록 고통은 커졌다. 이해되지 않는 것을 용서하지 못했고 내 생각과 다른 것에 저항했다. 가지기 위해 몸부림칠수록 정작 나를 잃어 갔다. 끊임없이 배우고 묻고 들었지만 나는 채워지지 않았다. 바닷속으로 빨려 들어가지 않기 위해 온 힘을 다해 버티고 있었다. 그럴 필요가 없었는데 말이다.

지식이 나를 완성할 수 없다는 것을 알게 된 날, 모든 것이 멈췄다.

머릿속에 내가 알고 있는 것은 내가 아니라는 사실을 깨달았다. 지식은 '명사'일 뿐이다. 내 삶, 실체의 나로서 적용되지 않는 지식은 지식이 아니다. 단순 암기로 기억되는 '명사'가 머리에 가득 찼다 한들, 이미 머릿속에서 죽은 거다.

지금을 지켜보았다. 내 속에서 일어나는 감정을 응시했다. 생각의 움직임을 바라보았다. 사람들을 대하는 나의 말투를 들었다. 세상을 대하는 나의 태도를 들여다보았다. 내가 나를 대할 때의 반응도 관찰했다. 그동안 배워서 알고, 겪어서 알고, 들어서 알던 것들을 내려놓고 그대로를 보았다. 그리고 바다 위에 떠 있던 그날의 기분을 다시 느꼈다.

두려움은 몸을 무겁게 만든다. 물에 빠져 죽을 정도로.
아무리 움켜쥐려 해도 소용없다. 물은 손가락 사이로 빠져나가듯이.

지식, 경험, 성공, 사람, 명예, 권력, 부, 무엇이든 궁극에 가져야 할 유일한 것은 자신이다. 내 몸, 나 이외에는 어떤 것도 바다와 하나가 될 수 없다. 그저 힘을 빼고 누우면 된다. 금방이라도 죽을 것만 같지만 누구나 물에 뜰 수 있다. 우리가 먼저 해야 하는 것은 그것이다.

내 안에서 만들어 내는 저항을 멈추고 태양을 바라보는 것.
문제도 답도 내 안에 있음을 아는 것.
알고 있는 모든 것은 '명사'라는 것.

나의 실체인 '동사'로 살아야 한다는 것.
이미 누구나 가지고 있는 것을 발견하는 것.

대학만 가면 불행 끝 행복 시작이라고 외치며 입시 공부를 했던 것
처럼 제대로 된 삶을 시작하기 위해 오래 기다렸다. 언젠가 내가
정해 놓은 계획을 단계적으로 해낸다면 방황을 마치고 내가 원하
는 삶을 시작할 수 있으리라 생각했다. 아니, 애써 믿었었다.

세월에 목덜미를 잡힌 채 질질 끌려다녔다.
'언젠가'라는 섬은 정복될 수 없다.
'언젠가' 뒤에는 또 다른 '언젠가'가 나타나기 때문이다.
삶을 시작하기에 적당한 날은 오지 않는다.

우리의 존재를 깨닫게 하는 태양을 알아본다면
삶을 시작하기 위해 기다릴 필요가 없다.

우리가 먼저 해야 하는 것은 그것이다.

내 안에서 만들어 내는 저항을 멈추고
태양을 바라보는 것.
문제도 답도 내 안에 있음을 아는 것.
알고 있는 모든 것은 '명사'라는 것.
나의 실체인 '동사'로 살아야 한다는 것.
이미 누구나 가지고 있는 것을 발견하는 것.

나는 나를
갖고 싶다

완벽
하다

외국 영화를 보다 보면 이해가 안 가던 장면이 있다. 환희에 찬 산모는 이제 막 태어난 아기를 조심스레 안고 있다. 가족들이 함께 모여 감격스러운 눈빛으로 아기를 바라본다. 그리고 하나같이 이렇게 이야기한다.

'perfect'
포유류 전체에서 유례가 없을 정도로 긴 시간의 보호와 양육이 필요한 유일한 생명체가 인간이다. 독자적인 생존은 불가능에 가깝다. 동물에 가까운 지능 수준에 불과한 갓 태어난 아기에게 완벽하다니.

'완벽(完璧)'
결함이 없이 완전함을 이르는 말이다. 도저히 셀 수조차 없이 많은 결함과 실수, 모순과 한계를 가진 인간이다. 서양인들은 아기를 보

12

고 왜 완벽이라고 표현했을까. 죽을 때까지 불완전함에서 벗어날 수 없을 것만 같은 연약한 우리에게 말이다. 완벽함이 있다면 우리의 불완전함 속에 있을 것이다. 우리는 완벽하게 불완전하다.

아기를 바라볼 때 우리의 반응은 한결같다. 말도 제대로 못 하는 아기를 향해 아기가 알아듣지도 못하는 말을 하며 아기보다 더 방긋 웃는다. 말랑말랑하고 뽀얀 밤톨만 한 손으로 안아 달라고 두 팔을 벌리면 아무도 그 손을 뿌리칠 수 없다. 지성과 인격을 겸비한 다 큰 성인들을 이렇게 쉽게 무장 해제시키는 것을 보면 완벽한 하나의 주체임이 틀림없다.

첫 조카를 만난 날, 한참 동안 아기와 눈을 맞췄다. 나의 움직임을 따라 눈동자가 따라왔다. 내가 내는 소리에 동공이 커지기도 했고 내 표정을 훑으며 자신의 눈썹을 들썩이기도 했다. 그때까지 경험했던 어떠한 초자연적 경험보다 신비롭고 놀라웠다. 생명에게 있는 경이로움에 말을 잃었다.

보고 듣고 움직이는 그 작은 몸은 어디 하나 빠짐없이 모든 기능을 제대로 하고 있다. 스스로 상태를 자각하며 울고 웃고 먹고 잔다. 누가 가르쳐 주지 않아도 넘어지고 일어나기를 반복하며 걷는 법을 배울 것이다. 이렇게 말하는 거라고 알려 주지 않아도 주변의 말을 들으며 스스로 말하기 시작할 것이다. 느끼고 반응하고 생각하고 배우며 성장할 것이다. 이미 완벽하다. 아직 다소 미숙할 뿐 어른에게 있는 모든 조건을 완벽하게 가지고 태어난 하나의 주체다.

세상에 나온 지 한 달밖에 안 된 조카는 무슨 명쾌한 해답이라도 들려줄 듯 말똥거리는 눈망울로 나를 부르고 있었다.

"고모 불렀어요? 하고 싶은 말 있어요?"

나도 별수 없다. 혼자 즐거이 묻고 대답하며 자작극을 연출했다. 깨물어 주고 싶은 조카의 손을 만지작거리며 쉼 없이 말했다.

열어 놓은 창문으로 바람이 불어오자 천장에 달린 모빌이 춤을 추기 시작한다. 창가 가득 쏟아지는 햇빛에 반짝이는 눈동자는 모빌을 따라간다. 좌우로 움직이는 조카의 눈동자에 성운이 있다. 오묘함에 빨려 들어갈 것만 같았다. 빛에 반사되는 각도에 따라 선명히 드러나는 홍채는 과학 다큐멘터리에서나 봤던 성운, 우주의 눈이 분명했다.

언젠가 봤던 다큐멘터리가 떠올랐다. 동서양을 막론하고 인간을 소우주로 보는 관점이 있다. 인간이 우주의 축소판이라는 의미에서 소우주(小宇宙), 또 우주의 온갖 요소가 인간에게 들어 있다고 해서 소(素)우주라 한다. 한의학에서는 인간의 신체를 양의 기운을 가진 심장과 폐, 위에서 아래로 흐르는 하늘인 위장, 음의 기운을 가진 간과 신장, 위로 흐르는 땅인 비장으로 구분한다. 인간의 신체는 세포와 태양계, 인체의 근육 구조와 우주의 은하계 모양, 우주의 생성과 체계적인 특징, 구조적인 모습까지 우주의 원리를 빼닮았다.

우주와 인간이 동일한 원리와 질서를 가진 같은 구성체인 셈이다. 인간과 우주가 대응 관계로 성립된다는 의미다. 대우주에 성립되는 법칙은 소우주인 인간에게도 반영되기에 인간을 이해하는 것도 대우주를 앎으로써 가능하다. 하나의 인간 속에 우주 전체의 모습이 내재한다.

모빌을 따라 안구 운동 중이던 조카는 그새 잠들어 버렸다. 조카의 머리를 맞대고 옆에 나란히 누웠다. 그러고는 조카의 시선으로 파스텔 색상의 모빌이 동동 떠다니는 것을 바라보았다. 초등학교 과학실 천장에 매달려 있던 태양계 모형이 생각난다. 밤하늘에 떠 있는 달도 까마득해 보이기만 했었다. 태양계 모형을 바라보며 도저히 가늠이 안 되는 거리감을 느껴 보려고 애썼던 기억이 난다.

지구는 태양을 중심으로 도는 8개 행성 중 하나다. 우리의 태양계는 은하에 있는 수천억 개의 태양계 중 하나다. 수천억 개의 태양을 담고 있는 우리 은하는 수천억 개의 은하 중 하나다. 137억 년 동안 만들어진 우리의 우주다. 그것도 빛이 닿아 관측 가능해진 우주의 시간일 뿐. 심지어 우주는 지금도 팽창하고 있다. 상상력을 총동원해 보지만 머리로는 그 광활함을 가늠할 수 없다.

빅뱅 이론은 현재까지 우주의 생성을 설명할 수 있는 가장 적합한 모형으로 알려져 있다. 필름을 거꾸로 돌리듯 시간을 거슬러 올라가면 그 끝에 한 점으로 모이게 된다. 처음 한 점의 빛에서 시작된 대폭발은 지금의 모든 것을 만들어 낸 것이다. 어느 날 갑자기 세상에 나타난 조카처럼 말이다.

점은 모든 것의 시초다.

엄마의 뱃속에 생긴 작은 점 하나. 점이 선이 되고 면이 되고 형을 갖추고 색을 입어 우주가 탄생하는 빅뱅의 순간처럼 세상에 터져 나온다. 3분 후쯤 원시 원소가 떠다니는 흐릿한 우주처럼 생명은 차마 눈을 뜨지 못한다. 38만 년이 지나 전자가 제자리를 잡아가듯 걸음마를 배우고 엄마와 아빠를 알아본다. 10억 년이 지나 별과 은하가 생기듯 자신의 생각과 취향이 만들어진다. 100억 년이 지나 우리의 태양계가 우주에 자리를 잡듯 우리도 우리의 자리를 찾아간다. 마치 우리의 일생처럼. 그때마다 반드시 거쳐야 하는 성장과 고통의 시간을 보내는 것처럼.

우주 안에 먼지 같은 별들이 부유하듯 우리도 혼돈의 시기를 거친다. 지구가 태양계 안에 위치를 잡고 지금의 형태를 가지기까지 무수히 많은 시간이 필요했듯이 말이다. 별은 핵융합 과정을 거쳐 성장하기도 하고 에너지가 없어서 스스로 핵분열해 붕괴하기도 한다. 용광로 같은 별이 나타나기도 하고 모든 것을 빨아들이는 미지의 블랙홀이 등장하기도 한다. 별이 탄생하고 죽는다. 인간처럼 말이다.

엉거주춤하기도 하고 확신에 빠지기도 한다. 사랑과 배신을 경험하기도 하고, 수치심과 공포심을 느끼기도 한다. 기쁨과 슬픔에 취하기도 하고, 용기와 희망에 불타다가도 좌절과 분노에 휩싸이기도 한다. 아기 토끼 같다가도 하이에나 같아진다. 이런 과정을 거쳐 어둠 속에서, 사방을 뒤덮은 우주의 암흑 속에서 더듬거리며 자기 자리를 찾아간다. 어설프게 스스로 빛을 내고 어정쩡하게 빛을 거두면서 자신을 만들어 간다.

우주의 모습처럼 우리는 매 순간 창조자이자 파괴자이다.

별이 죽었다가 태어나기를 반복하며 살아 숨 쉬는 생명체로 움직이듯 우리도 우리 안에서 감정과 생각들의 죽음과 탄생이 반복된다. 무너지고 죽고 또다시 생성되고 움직인다. 별과 별이 부딪쳐 사라지기도 한다. 떠도는 별들끼리 밀어내기도 하고 끌어당기기도 한다. 좌충우돌 시행착오를 거쳐 사람들 사이의 거리감을 조정하듯 우주의 별들도 그렇게 움직인다. 빅뱅 이후 태양계에 안착하기 위해 지구가 질서를 찾아가는 과정처럼 우리는 혼돈과 혼란의 시간을 가진다.

알 수 없는 이유로 어떤 에너지가 엄청난 폭발을 일으키고 우주가 깨어났다. 이론적으로 사람이 태어나는 원리를 우리는 이해하고 있지만 실제로 어떻게 작동이 되는지, 어떻게 그것이 가능한지 아는 이가 없다.

우주는 지금도 무한히 확장하고 있다. 한계가 어디인지조차 모른다. 우리도 한계 없이 확장 중이다. 자신에게 진정 필요한 것들을 구분해 가고 불필요한 것들을 버리며 나아간다. 실수로부터 배우며 수용하고 고치고 수정하고 터득해 간다. 미처 몰랐던 의미를 발견하고 상대와 나의 가치에 눈을 뜨며 공존하는 방법을 찾아간다. 마치 우리의 신체처럼 모든 것이 제 기능을 할 수 있는 요소들이 이미 우리 안에 있다. 아직 발견을 다 못했을 뿐이다.

많은 낭설이 있지만, 아인슈타인이 자신의 뇌를 10%밖에 사용하지 못했다고 한다. 일반인들은 1~4%의 뇌를 사용한다고 한다. 정확한 수치를 알 도리는 없지만, 자신의 몸에 붙어 있는 뇌조차도 제대로 다 사용하지 못하고 죽는다는 것은 확실하다. 그 요소들을 어떻게 끌어내고 활용할지의 문제이다. 이미 우리 안에 다 있다. 그래서 완벽하다.

완벽한 완성품으로서의 완벽이 아니다. 지구는 오차 없이 완벽하게 공전과 자전을 해낸다. 봄·여름·가을·겨울의 순환은 어김이 없다. 낮이 가면 밤은 반드시 온다. 중력은 거스를 수 없고 물은 위에서 아래로 흐른다. 모두 이치에 따라 완벽하게 제 기능을 수행하고 있다.

완벽하다는 것은 우주적이다.

우주 안에 있기에 우리는 엄연히 우주적 실체다. 그러니 뒤집어 보면 우주를 알 수 있는 길은 '나'라는 존재밖에는 없다. 우주의 모든 것은 입자로 이루어져 있다. 나도, 당신도, 별도, 우주도.

완벽하게 존재하고 있지만 알아차리지 못한다. 이치에 따라 존재하고 있음에도 느끼지 못한다. 우리는 혼돈의 우주와 같다. 그리스인은 만물 발생 이전의 원초 상태를 카오스(chaos)라 불렀다. 불규칙하고 예측 불가능한 상태, 마구 뒤섞여 있어 갈피를 잡을 수 없는 무질서의 상태에서 질서를 향해 간다. 우리도 혼돈으로부터 자신만의 질서를 만들어 가고 있다. 그렇지 않고서야 어떻게 우주를 코스모스(Cosmos), 조화로운 질서라고 말할 수 있겠는가.

한두 번의 선택으로 인생이 완성되거나 망하지 않는다. 전진하기도 하고 후퇴하기도 한다. 평생에 걸친 과정으로의 여행이다. 나만의 경험으로, 자신만의 뜻으로, 개개인의 대체 불가한 사연으로 나아가다 보면 어느 순간 태양계에 자리 잡은 지구처럼 더 이상 흔들리지 않는다.

조카가 조막만 한 입을 옹알거리며 하품을 한다.
잠에서 깨려나 보다.
몇 번을 깜박이더니 이내 눈을 떴다.
이제 막 탄생한 미지의 우주가 반짝인다.
완벽하다.

마주
하다

학교에서 처음 한자를 배웠을 때, 제일 먼저 익힌 글자가 사람인 '人'이었다. 선생님은 사람이 홀로 살 수 없기에 둘이 기대어 함께 살아가야 한다며 '人'을 설명하셨다. 사람이 맞대어 있는 모습이라니 얼핏 보니 두 사람이 끌어안고 있는 듯 보이기도 했다. 서로에게 힘이 되어 주고 함께 도우며 살아가야 한다지만, 그것은 교과서에나 있는 이야기일 뿐 실제 삶은 별로 그 형상과 닮은 것 같지 않았다.

나중에 안 사실이지만, 갑골문의 '人'자는 한 사람을 측면에서 바라본 모양이라고 한다. 허리를 굽히고 팔을 뻗어 노동하는 사람의 형상에서 따왔다고 한다. 스스로 존재할 힘을 가진 주체인 것이다. 완전히 상반되는 해석이다.

선생님 말씀을 철석같이 믿었던 나는 나와 맞대어 줄 수 있는 사람을 찾는 데 매번 실패했다. 많은 시행착오를 거쳤다. 마음에 드는 사람을 만나면 지나치게 의존해 버렸고, 마음에 들지 않는 순간이 찾아오면 가차 없이 돌아서곤 했다. 관계에 너무 빠져 버리면 감당이 되지 않았고, 너무 떨어져 있으면 그 관계는 공허했다. 사람을 너무 믿지 않으려고, 너무 기대하지 않으려고 했지만 '적당히'가 안 됐다.

정작 나도 상대를 이해하지 못하면서 내가 이해받지 못한다는 사실에 화가 났다. 정확히는 스스로를 이해하지 못한다는 것이 더 힘들었다. 마음은 계속 불편한데 원치 않는 사람들과 시간을 보내는 것이 무의미하게 느껴졌다. 관심도 없는 얘기를 나누면서 억지웃음을 지어내는 것은 시간 낭비 같았다. 얄팍한 관계에 붙들려 휘둘리고 싶지 않았다. 통하는 사람이 없다면 차라리 혼자인 게 나아 보였다.

용서도 못 하면서 벗어나지도 못하고, 미워하면서도 원하는 것을 얻기 위해 만남을 이어가는 사람도 많았다. 서로를 이용하거나 배신하기도 하고, 관계를 포장하거나 쉽게 갈아 치우는 모습도 적지 않게 발견했다. 완벽해 보이는 결혼을 한 친구가 이보다 더 구질구질할 수 있을까 싶은 이혼 과정을 거치는 것을 목도했다. 사람은 누구나 이기적이라 필요에 따라 얼마든지 가면을 바꿔 쓴다는 사실을 어렵게 깨달았다. 이미 나 하나로 충분히 피곤했던 나는 관계라는 것에 질려 버렸다. 그래서 혼자가 되었다.

세상에서 진실한 관계를 갖기란 불가능해 보였다. 그것은 몇몇 소수의 사람만이 가질 수 있는 특권처럼 느껴졌다. 어리석고 미성숙한 내가 인간관계에서 선택할 수 있는 것은 별로 없었다. 미친 것처럼 보이는 드라마에 내가 뛰어들든지, 아니면 스스로 고립시키든지 둘 중 하나였다. 친구와도 부모와도 연애에서도 완전히 실패했다. 누구와도 호되게 상처를 주고받거나 고된 이별은 하지 않겠노라며 자발적 은둔자가 되었다. 선생님이 가르쳐 준 사람 '人' 자는 붕괴됐다.

혼자가 된 나는 꽤 잘 지냈다. 그렇다고 혼자인 나와 내가 잘 지냈다는 뜻은 아니다. 초반엔 주말이면 이불을 뒤집어쓰고 밤새 울기도 했고, 허리가 아파 더 이상 누워 있을 수 없을 때까지 잠만 자기도 했다. 아무것도 하고 싶지 않았고, 아무 생각도 하고 싶지 않았다. 방전된 배터리처럼 온종일 방에 틀어박혀 있었다. 학업과 일을 병행하던 나는 학업을 마치자마자 일도 그만두었다. 그제야 제대로 혼자일 수 있었다.

그간 시간이 없어 보지 못했던 책을 꺼냈다. 침대 머리맡에 몇 권을 올려 두고 손이 가는 대로 읽기 시작했다. 글을 읽다가 저자와 대화를 나누고픈 문장이 나타나면 그의 의도를 파악할 때까지 몇 시간이고 파고들었다. 분명 읽었던 책인데 생소할 정도로 새롭다. 눈으로 읽고 머리로 수긍하며 지나쳐 갔을 책이 얼마나 많았을까. 그중 가장 인상 깊었던 것은 어릴 적, 별 감흥 없이 읽었던 『어린 왕자』다. 여우와 뱀과 나누는 대화는 심오하면서도 따뜻했다. 피상적이고 단편적인 인간관계를 돌아보며 문득 그가 부러웠다. 어느새 나는 어린 왕자가 말하는 이상한 어른이 되어 있었다.

영화를 보며 주인공의 삶으로 들어가기도 했다. 감독이 설계한 영화의 현장 속에서 그의 목적을 읽어 가며 실제처럼 느꼈다. 배치되는 상대 역할의 입장에 심취해 보기도 하고, 조연의 눈으로 주연을 바라보기도 했다. 이해가 안 되면 이해가 될 때까지 상황을 바꿔 생각했다. 대사를 따라 읊으며 말에 담긴 심정을 헤아렸다. 풍부하면서도 미세하게 움직이는 배우의 표정에는 말보다 더 진한 진심이 담겨 있다. 눈빛은 천 마디 말보다 더 많은 말을 한다. 사실 우리는 말하지 않아도 알 수 있다.

음악을 즐겨 듣는 편은 아니었지만, 장르를 가리지 않고 음악 듣기도 시도했다. 부드러운 선율을 따라 긴장이 흘러내리기도 했고, 심장이 터질 것 같은 비트에 아득함을 느끼기도 했다. 요리라고는 라면 끓이는 것밖에 몰랐다. 시도해 볼 만한 음식을 몇 개 선정해 영상을 보며 따라 만들기도 했다. 생각보다 먹어 줄 만했다. 앞치마도 하나 샀다.

역설적이게도 그렇게 나를 잊고 내가 아닌 다른 것에 완전히 몰두하면서 나를 알아가기 시작했다. 눈에 보이고 귀에 들리는 것들에 투영된 나를 발견했다. 사람도 환경도 세상도 나를 들여다보는 거울이었다. 마주치는 모든 것들로부터 반응하고 드러나는 나를, 나는 다시 배웠다.

실체로 대면한 나는 썩 마음에 들지 않았다. 그럼에도 축소하거나 확대하지 않고 나를 마주하려 애썼다. 보탬이나 뺌도 없이 왜곡하지 않고 진실한 상태에 있고 싶었다. 장님이 코끼리 만지듯 더듬더듬 발견하는 것들이 누적되다 보니 나와 남을 바라보는 시선에 여유가 생겨났다. 내가 아는 것이 일부분일 수밖에 없음을 인정할수록 편안해졌다.

그날도 한강 변을 따라 다리가 풀릴 때까지 걸었다. 바람을 맞으며 홀로 걷는 무명의 사람들을 보았다. 터벅거리는 그들의 걸음 소리를 따라 한 인생이 살아온 궤적을 상상하기도 했다. 하늘을 유영하는 새들의 움직임을 보았고, 지상에 흩어진 차들의 움직임을 보았다. 흐르는 강물에 어둠이 풀리면 세상은 하나둘 불을 밝힌다. 강에 기대어 생각했다.

한가람이라는 친구가 있었다. 그 친구는 자신의 이름을 풀어 설명해 주길 좋아했다. '가람'은 갈래가 진 것을 의미하고 물줄기의 갈래가 모여 흐르는 것을 뜻한다고 했다. 가람은 순우리말로 강이다. 작은 물방울에서 시작한 실핏줄 같은 물줄기가 모여 강물이 되고 낮은 곳으로 흐르고 흘러 망망한 바다에 닿는다. 머무르지 않고 흐르면서 질곡의 세월이 낸 상처를 조용히 치유한다. 수많은 우여곡절 속에 오염과 정화를 거치며 근원에 있는 물, 바다로 들어간다.

사람도 강처럼 흐른다.
우리는 다 다른 것 같지만 그리 다르지 않다.
강줄기처럼 하나하나 연결되어 있다.
모두가 다른 삶을 사는 것 같지만 결국 만난다.

어찌 보면 우리는 본질적으로 같다.

고양이는 인간과 90%의 유전자를 공유하고 있다. 침팬지는 96%가 같으며 인간끼리는 99.9% 이상의 유전자를 공유하고 있다고 한다. 우리의 차이는 0.1%도 되지 않는다는 얘기다.

사람은 받은 것은 쉽게 잊어버리지만, 자신이 준 것은 사소한 것까지 기억한다. 이런 모순이 얼마나 보편적인가. 문지방에 발가락을 찧었을 때를 기억하는가. 누구나 아픔을 느낀다. 그 장면을 실제 보지 않고 이야기만 들어도 내 엄지발가락이 움츠러든다. 사흘 동안 굶었을 때의 배고픔은 누구에게나 동일하다. 사랑하는 사람이 죽었을 때의 슬픔도 마찬가지다. 40도의 더위에서는 누구나 땀을 흘린다. 뜻밖의 선물을 받으면 기쁘지 않은 사람이 없다. 죽음 앞에선 누구나 같은 것을 후회한다. 땅 한 평을 더 가지지 못했음을 떠올리는 사람은 아무도 없다.

한 인생이 살면서 겪는 일의 과정이나 감정은 비슷비슷하다. 다만 크게 느끼고 작게 느낄 뿐. 느껴 본 것이 있고, 느껴 보지 못한 것이 있을 뿐. 그것들을 통해 자신을 이해하고 받아들일 시간을 가지지 못한 것뿐이다.

우리는 깨닫지 못한다.
얼마나 절박하면서도 비틀려 있는지,
얼마나 알고 싶어 하면서도 모르고 있는지,

얼마나 사랑하고 싶어 하면서도 머뭇거리고 있는지.

이름을 벗고, 환경을 걷어 내고, 모습 뒤에 숨겨져 있는 본래의 우리는 너무나도 닮았다. 내가 나에게 하는 것인지도 모른 채로 남을 대하는 나는 얼마나 무지했던 것인가. 서로가 서로를 닮은 채로 서로를 몰아세우는 우리는 도대체 얼마나 심각하게 아픈 상태인 것인가.

무언가를 보고 반응할 때는 내 안의 것이 나오는 것이다. 나와 상관없는 상대의 것을 이야기한다고 생각하지만 아니다. 상대의 특정 행동에 불쾌함을 느끼거나 불만을 품는 것은 내 안에 같은 것이 있기 때문이다. 누군가의 친절과 관심에 감사함을 느낀다면 그것도 우리 안에 있기 때문이다.

모두 같은 마음의 병을 품고 산다. 어떻게 살아야 하는지 명확히 알지 못하고 무엇을 원하는지도 정확히 설명하지 못할 때가 얼마나 많은가. 누구나 끊임없이 방황하며 곁에 누가 있어도 외로움을 느끼는 존재임을 알게 되면, 더 이상 생각과 감정의 소용돌이에 휘말리지 않는다.

고독을 마주한 사람은 상대의 고독을 끌어안을 수 있다. 내가 알고 있는 나와 실제의 내가 다르다는 것을 아는 사람은 상대의 모순을 잠잠히 덮는다. 고요히 흐르는 강물처럼. 외로움은 나와 남의 관계에서 비롯되는 게 아니라는 사실이 점점 분명해졌다. 아니, 모든 감정과 모든 사건은 나로부터 시작된다.

혼자는 상태다. 나를 알수록 공통분모만큼의 남을 알게 된다. 내 안에 있는 것이 상대에게도 있음을 아는 것이다. 자신을 깊고 진실하게 알수록 상대 또한 깊고 진실하게 알 수 있다. 혼자로서의 자신의 상태를 알고 혼자로서의 남의 상태를 이해하면, 필요한 거리감을 찾을 수 있다. 서로를 존중하면서도 상처 주지 않을 수 있는 딱 그만큼의 거리. 그 거리에서 시작할 수 있다. 더 가깝게. 누군가에게는 10cm가 필요하고 누군가에게는 10m가 필요하다. 누군가에게는 그 거리가 좁혀지거나 멀어질 때까지 하루가 필요하고 누구에게는 일 년, 혹은 그 이상이 필요하다.

혼자인 상태를 이해하는 사람은 혼자 설 수 있는 사람이다.
누군가와 함께한다는 것은 여전히 어려운 일이다.
그러나 혼자일 수 있는 사람은 둘이 될 수 있다.
혼자지만 혼자가 아니다.

그리고 보니 '人'의 해석은 둘 다 맞다. 스스로 존재할 힘을 가진 사람 '人'이 서로의 거리감을 맞춰 무너지지 않을 균형을 가지고 둘이 되는 사람 '人'일 수 있을 테니까.

완전한 밤이 내렸다.
강물엔 지상의 불빛만 떠다닌다.

듣다

떼제(Taizé)는 프랑스 남부의 조용한 시골에 위치하고 있다. 기독교 신앙을 공유한 공동체 마을의 형태로 가톨릭, 정교, 개신교 등 그리스도를 믿는 사람들의 화해와 일체를 위해 만들어졌다. 하지만 나는 그곳에서 중국인 스님도 만났고 무슬림인 터키인도 만났으며 무신론자인 캐나다인도 만났다. 남녀노소 국적 불문 다양한 사람들이 일주일 정도 머무는데 제한 없이 자유롭게 있다 간다. 가족이나 친구들과 오기도 하고 노부부나 혼자 오는 젊은이도 많았다. 한 번에 수백 명의 사람이 머물지만, 여름 방학 기간이나 부활절 때는 오천 명, 많게는 팔천 명까지 모인다.

드넓은 푸른 들판에는 말과 양들이 드문드문 떼를 지어 느긋하게 시간을 즐기고 있다. 무성하게 우거진 숲은 아름다운 호수를 품고 있다. 스르륵스르륵 마른 흙길을 따라 걸으면 잔잔한 파도처럼 낮은 돌담길이 펼쳐진다. 수놓은 듯 내려앉은 빨간 지붕 속에는 어릴 때 읽었던 동화 속 주인공들이 살고 있을 것만 같다.

나른한 한적함을 깨 볼 심산으로 리듬을 넣어 발소리를 만들어 낸다. 멀지 않은 곳에서 사람들의 목소리가 들린다. 동네 사람들은 하나같이 와인 잔을 들고 낮과 밤이 만나는 오후 다섯 시의 하늘을 배경 삼아 2층 테라스에 앉아 있다. 자유롭지만 과하지 않은 손짓과 풍부한 표정을 곁들여 온몸으로 대화를 나누고 있었다. 나를 발견한 그들은 동네 친구를 만난 듯 수다스럽게 반겨 준다. '봉숭봉숭' 뭔 말인지 모를 불어로 계속 말을 건다. 내가 알아듣든 모르든 상관하지 않는다. 올라와서 함께 노을을 구경하지 않겠냐며 몸짓 손짓으로 나를 부른다. 괜찮다며 그들을 등지고 가던 길을 걸었던 것은 내 인생 최고의 후회 중 하나다.

떼제는 공동체 형태로 운영되지만 어떤 것도 강제되지 않는다. 본인의 선택에 따라 예배와 친목, 자원봉사와 재능 기부, 교류와 성경 공부 등을 할 수 있다. 원한다면 아무것도 하지 않고 홀로 빈둥거리며 시간을 보낼 수 있다. 대부분의 방문자는 각자 가진 재능이나 원하는 역할로 일정한 시간의 자원봉사를 한다. 이 자발적 움직임이 떼제가 유지되는 방법이다. 매점 운영, 예배당 정리, 요리, 설거지, 청소, 약사, 카페 판매원, 빨래, 관리, 가이드, 안내 데스크 등 수십 개의 역할 중 한 가지를 선택하면 된다. 그 이외는 모두 자유 시간이다.

체크 리스트를 들고 결정 장애를 겪고 있는 내게 안내 요원은 요리

를 추천했다. 팀 인원이 부족해서 합류했지만 난 실제로 요리를 잘
하지 못한다. 요리 팀원들은 나의 서툰 솜씨 때문인지 식사를 위한
세팅을 부탁했다. 그리고 요리가 준비되면 식사 시간을 알리는 종
을 쳐 달라고도 했다. 뒤돌아보니 식당 지붕 끝에 수박 크기만 한
황동색 종이 늠름히 매달려 있다. 무언가 제대로 도움이 안 되는
것 같아 기죽은 내게, 이것은 사람들을 불러 모으는 아주 중요한
역할이며 그저 있는 힘껏 종을 치면 된다고 나를 안심시켰다. 사람
들이 장난으로 종을 치지 못하게 잘 지켜야 한다는 말도 덧붙였다.
특수 임무를 맡은 양, 턱에 힘을 주고 엄지손가락을 치켜올렸다.

햇살이 기다란 그림자를 만들기 시작하자 팀원들은 앞치마를 두르
고 불을 켠다. 옆에서 조용히 요리하는 과정을 지켜봤다. 사실 요
리라고 부르기에도 민망하다. 재료도 조리 과정도 심플하다. 하지
만 그들은 5성급 호텔 주방장에 빙의되어 있다. 재료 다듬는 팁,
야채를 삶는 방법, 파스타 면을 맛있게 익히는 방법을 공유했다.
그렇게 요리가 완성되면 나는 가장 맛있는 요리 하나를 선정하는
요리 감별사 역할도 덤으로 수행했다.

그들은 사람들을 위해 음식을 준비하는 기쁨과 만드는 과정의 즐
거움에 흠뻑 빠져 있었다. 기다란 요리대를 왔다 갔다 하며 어깨
너머로 조리 도구를 주고받고 재료를 투하할 타이밍을 맞추기 위
해 고개를 내밀어 기웃거리는 모습은 마치 춤을 추는 듯했다.

누군가 손을 씻으려 비누를 만지작거리자 라벤더 향기가 퍼진다.

물이 흐르는 소리, 물과 손이 만나는 소리가 들린다. 나무 도마 위에 칼이 닿는 소리, 양파가 썰리는 소리가 들린다. 수프가 끓고 있는 대형 냄비에서는 기포가 터지는 소리가 들린다. 한껏 달궈진 프라이팬에 소시지가 올라가자 연기가 피어나며 지글거리는 소리가 난다. 팀원들은 소시지를 향해 축구 경기에서 이겼을 때나 지를 것 같은 함성과 감탄을 내던졌다.

시식의 시간이다. 팀원이 소시지와 양파를 한입에 먹기 좋게 포크에 찔러 주었다. 입 안 가득 넣고 씹으니 육즙과 함께 알싸한 양파 향이 올라온다. 나의 표정을 살피며 어떤지 묻는다. 어떠냐고? 최고지!

이것을 어떻게 설명해야 할까. 소시지의 맛이 '어떠하다'라고 알려준다 치자. 아무리 멋지고 생생한 설명도 의미 없다. 소시지를 먹어 보기 전에는 모른다. 그날의 날씨, 함께한 사람들, 주변 환경, 나의 기분과 컨디션에 따라 똑같은 소시지도 맛이 천차만별이다. 같은 음식도 야외에서 먹으면 더 맛있는 것처럼 설명이 안 된다. 직접 맛을 보고 느끼는 것 외에 그 이상 좋은 답은 없다.

음식을 준비하는 일도, 음식을 먹는 것도,
완전히 그 순간에 집중한다면
그것은 궁극적인 하나의 기도와 같다.
쌀을 씻을 때는 쌀만 씻고, 요리할 때는 요리에 빠지고,
음식을 먹을 때는 마음을 다해 음식을 씹는 것처럼 말이다.

성취해야 하는 목표에 쫓기거나
원하는 결과물을 얻기 위해 강요하지 않고,
다만 매 순간 지금에 몰입하여
과정을 충분히 느끼고 즐기는 것이
기도가 아니면 무엇인가.

드디어 나를 향해 종을 쳐도 좋다는 OK 사인이 떨어졌다. 나는 있는 힘껏 종을 치며 외쳤다.

"Eat! Everybody! It's dinner time!"

손끝으로 소리의 진동이 느껴진다. 텅 빈 종 안에는 온통 소리뿐이다. 종소리는 맑으면서도 깊게 퍼져 나갔다. 여기저기 흩어져 있던 사람들이 돌아오기 시작한다. 환호성을 지르며 신나게 뛰어온다.

떼제의 밤은 고요하다. 저녁으로 나온 치킨 수프와 소시지, 으깬 감자와 빵 한 조각을 먹고 사과를 입 안 가득 베어 물었다. 텀블러에 봉지 커피를 털어 넣고 뜨거운 물을 가득 담아 사람들의 목소리가 닿지 않을 때까지 길을 따라 걸었다. 스쳐 지나가는 차창 밖의 풍경처럼 담소를 나누며 터져 나오는 웃음소리도 점점 멀어져 갔다.

김이 모락모락 올라오는 달달한 커피를 들고 또 한쪽 손으로 두툼한 무릎 담요를 품에 안고 떼제를 걷고 있노라면 나뭇잎과 나뭇잎이 부딪치는 소리, 개구리와 풀벌레 소리 외에는 아무것도 들리지 않는다. 더 생생하게 듣고 싶어 발걸음을 멈추고 눈을 감으면 들어본 적이 없는 내면의 소리를 듣게 된다. 듣고 싶은 소리, 하고 싶은 소리를 넘어선 침묵에서 들을 수 있는 소리다.

가끔 삶으로부터 멀어진 나를 다시 지금 이 순간으로 데려와야 할 때, 생각과 감정에 잠식되어 내가 여기에 없을 때, 해소되지 못한 무엇으로 과거나 미래에서 헤매고 있을 때, 나는 종을 울린다. 식사 시간을 알리는 종소리를 듣고 사람들이 돌아왔던 것처럼 내가 돌아온다.

완전한 지금 이 순간으로.

반하다

부산 태종대에 갔을 때다. 꽤 언덕진 곳이다. 이른 새벽부터 움직인 터라 다리에 열감이 느껴졌다. 한 바퀴를 도는데 4km에 달하는 거리라니 날도 더워 엄두가 나질 않았다. 태양을 피해 그늘에 앉아 고민에 빠졌다. 다행히 둘레길을 도는 열차가 운행 중이었다. 열차는 볼만한 명소에서 언제든지 내리고 다시 탈 수 있었다. 지인들은 누가 먼저랄 것도 없이 매표소로 향했다. 모자상(母子像)이 있는 전망대에 하차해서 시간을 보냈다.

탁 트인 바다를 만나는 시간은 언제나 반갑다. 기암절벽과 맞닿아 있는 바다의 형상은 단절과 어울림을 절묘하게 상징하는 것 같다. 시작과 끝이 어우러져 있는 느낌이랄까. 전혀 다른 이질적인 것만이 보여 줄 수 있는 조화랄까. 자연은 항상 우리에게 말을 건다.

퇴장 시간이 임박하여 열차 탑승장으로 돌아갔다. 서른 명 남짓의 사람들이 열차를 기다리고 있었다. 우리 앞으로 70대 정도 되어 보이는 여성들이 대기 중이었다. 걸어서 내려갈까 했지만, 퇴장 시간에는 추가 차량을 운행한다고 하기에 열차를 기다리며 저녁 식사 장소를 찾기로 했다. 느닷없이 등 뒤로 비아냥 섞인 웃음소리가 들렸다.

"Doesn't it look like a broccoli field?"
완전 브로콜리밭 같지 않아?
"Right. Same size, same color, same shape."
맞아. 똑같은 크기, 똑같은 색깔, 똑같은 모양이야.
"It's a perfect expression."
완벽한 표현이야.

뒤를 돌아보았다. 큰 키에 노랑머리인 파란 눈의 젊은 남성들과 눈이 마주쳤다. 우리 앞에 서 있는 분들의 헤어스타일을 보고 농담을 하고 있었다. 나는 그들에게 짧은 영어로 설명했다.

"너희가 보기에 이 장면이 우스워 보이겠지. 우리나라는 1950년에 전쟁을 치르고 폐허가 됐어. 외국의 원조를 받는 가난한 나라였지. 먹을 것이 없기에 늘 소일거리를 하면서 자녀를 키워야 하는 그녀들은 머리를 할 여유조차 없었어. 머리치장에 쓸 돈도 시간도 없었을뿐더러 시골에는 미용실도 거의 없었지. 그래서 전혀 신경을 쓰지 않아도 되는 헤어스타일을 하기 시작한 거야. 머리가 길면 거추장스럽고 자꾸 흘러내리니까 손질하거나 관리할 필요가 없도록 한 거야. 일할 때 가장 편한, 너희가 비웃고 있는 저 헤어스타일로 굳어진 거지. 벅적거리며 촌스럽고 시끄러운 아주머니들로 보이겠지만 저런 분들이 있었기에 지금의 한국이 있는 거야. 너희는 분명 한국보다 선진국인 나라에서 왔겠지. 그렇다면 행동도 우리보다 선진화되어 있지 않을까? 우리나라의 문화와 역사를 이해하지는 못하더라도 최소한 존중해 주었으면 좋겠다."

그들은 진심으로 사과했다. 머쓱해져서는 걸어 내려가기 시작했다. 지인들은 속이 다 시원하다 했지만 나는 찝찝했다. 그들의 모습에서 나의 모습이 역력했다.

풍경처럼 마주치는 주변의 숱한 사람들을 보면서 무의식중에 얼마나 많은 판단을 하고 있는가. 입 밖으로 꺼내지만 않았을 뿐이다. 보기 흉하다, 저 사람은 왜 저러나, 참 꼴불견이다. 머릿속으로 이런 태그를 속으로 얼마나 쉽게 붙이고 다녔던가.

마지막 열차에 올라탔다. 맨 뒷자리에 앉아 삼삼오오 모여서 와자지껄 이야기하는 그녀들을 바라보았다. 정말이지 모두 한결같이 똑같은 헤어스타일이다. 학생을 고려하지 않고 일방적으로 가르쳐 문제가 많다고 하는 주입식 교육조차 받을 기회가 없었던 분들이다.

나이가 들면 머리카락이 가늘어지고 힘이 없어진다. 숱도 적어지고 잘 빠진다. 관리하기 쉬우면서도 사라지는 볼륨감을 해결할 수 있는 유일한 헤어스타일이다. 더 젊어 보이고 더 멋있어 보이고 더 예뻐지고 싶은 것은 모든 여성의 로망이다. 여성으로서의 아름다움을 포기하고 그것으로 무엇을 바꾸었을까. 살면서 버려야 했던 것들이 고작 헤어스타일뿐이었을까.

화살처럼 꽂히는 뜨거운 태양 아래서 흙과 씨름하며 고달픈 일상을 견디는 것이 사랑이 아니라고 할 수 있을까. 지저분한 오물이 묻은 설거짓거리가 쌓인 개수대 속으로 기꺼이 손을 담그는 것이 사랑이 아니면 무엇일까. 이승과 저승을 오가는 물질을 하면서 억척스럽게 바닷물에 자신의 땀을 녹여 내는 것을 사랑 아닌 무엇으로 설명할 수 있을까. 말과 겉모습으로 세련되고 보기 좋게 표현하지 못해도 사랑이 많은 그들은 분명 사랑 덩이다.

내 눈은 아주 작은 것 하나를 찾고 있었다. 가을의 단풍잎 같은 짙은 주황빛 모자를 쓰고 있는 한 분이 눈에 들어온다. 농사일을 하시는지 오래 햇볕에 그을린 피부가 건강하고 단단해 보인다. 웃는 눈과 더불어 깊게 팬 주름도 함께 웃는다.

"모자가 참 잘 어울리세요."

평상시 같았으면 아마 엄두도 안 냈을 것이다. 나도 모르게 튀어나온 말이다. 무어라도 한마디 칭찬을 건네며 그들이 살아내 온 삶을 향해 최소한의 인사를 하고 싶었나 보다.

"아. 그래요? 고마워요. 우리 아들이 사 준 거예요. 하하하."

고개를 돌려 친구들에게 큰 소리로 자랑을 쏟아 낸다.

"애들아. 나 예쁘대!"

하얀 포말을 일으키며 부서지는 파도만큼 시원한 웃음이 열차 위로 한바탕 지나간다. 한껏 어깨를 펴고 고개를 든 그녀의 얼굴로 햇살이 당당하게 쏟아진다.

태종대의 땅과 바다,
그 경계에 서 있는 가파른 해안 절벽만큼 흔치 않은 절경이다.
사실 나도 조금 전까지는 몰랐다.
그녀가 그렇게 예쁜 줄.

풍경처럼 마주치는 주변의 숱한 사람들을 보면서
무의식중에 얼마나 많은 판단을 하고 있는가.
입 밖으로 꺼내지만 않았을 뿐이다。
보기 흉하다, 저 사람은 왜 저러나, 참 꼴볼견이다.
머릿속으로 이런 태그를 속으로
얼마나 쉽게 붙이고 다녔던가.

알다

12월의 어느 겨울밤, 박사 논문 마지막 심사를 마쳤다. 정규 학업의 종지부를 찍는 순간, 가슴 벅찬 기쁨과 해냈다는 뿌듯함을 내심 기대했다. 심사 위원들을 뒤로하고 지도 교수의 연구실 문을 나서는 순간 다리에 힘이 풀렸다. 발가벗겨진 기분이었다. 불 꺼진 텅 빈 건물에는 아무도 없었지만 나는 고개를 들 수가 없었다. 빨리 건물을 벗어나고 싶은 심정에 엘리베이터 버튼을 연신 눌러 댔다.

1층에 도착하자마자 도서관으로 뛰기 시작했다. 차가운 감촉의 물기가 톡톡 얼굴을 스친다. 첫눈이다. 차마 고개를 들어 하늘을 올려다보지 못했다. 빨간 사인펜으로 난도질당한 가제본 논문 위로 눈송이들이 떨어진다. 눈물방울도 같이 떨어졌다.

학사를 마칠 때, 세상을 알 듯했다. 석사를 마칠 때, 세상을 좀 안다 싶었다. 20대에 박사를 시작할 때는 세상이 우스워 보였다. 그리고 박사를 마칠 때, 나는 아는 것이 없다는 사실 하나를 알게 됐다.

모든 인간은 나르시시스트라 하지만 나에게는 해당하지 않는다 믿었었다. 나르시시즘에 빠질 정도로 멍청하지 않다고 생각했다. 지금 떠올려 보면 그런 생각을 할 정도로 심각하게 멍청했던 것이다. 교만함을 자존감으로 착각했다. 실체의 나와 가공된 이미지의 나, 그 둘 사이의 괴리는 정교한 지적 우월감으로 포장되어 있었다.

공부는 끝이 없었다. 하나를 알게 되면 모르는 열 가지가 나타났다. 열 가지를 추적하다 보면 그 뒤에 백 가지가 튀어나왔다. 세분화된 하나의 전문 영역에서도 끝없는 꼬리잡기는 그간 '안다'에 대한 나의 상식을 버리게 했다. 내가 할 수 있는 것이라곤 이름도 모를 수많은 선대가 발견해 온 방대한 연구 위에 점 하나 찍는 일이다. 내가 알 수 있는 것은 그저 미세한 점처럼 작을 뿐이다. 안다는 것은 불가능에 가깝다는 사실을 간신히 깨달았다.

경험하고 배우고 감각으로 느낄 수 있는 것을 세상 전부라고 착각했다. 일생 동안 배움과 경험을 통해 접촉할 수 있는 세상은 지극히 일부분뿐이다. 감각은 왜곡될 수 있고 때로 나를 속이기도 한다.

영원히 산다면 모든 것을 경험할 수 있겠지만 안타깝게도 그런 축복은 인간에게 허락되지 않았다. 경험보다 더 좋은 것이 없다 하지만 직접 경험 또한 한계가 분명히 있다. 지구가 둥글다는 것은 누구나 아는 상식이다. 과거에는 지구가 평평하다고 믿었었다. 사람의 눈 감각으로는 땅이 평평해 보이니 그럴 수밖에 없었다. 지구가 둥글어서 걷다가 구르는 경험을 한 사람은 없었을 테다.

보고, 듣고, 느끼는 것은 사실이 아닐 수도 있다. 일시적인 현상일 수도 있고 전체의 한 부분일 수 있다. 시대가 바뀌면 경험의 가치도 바뀐다. 배움도 감각도 마찬가지다. 지식은 나의 편협함에 힘을 실었고, 경험은 나의 판단을 정당화시켰다. 감각은 고정 관념을 강화시켰고, 나의 판단은 무수히 많은 장벽을 세우고 있었다. 스스로 감옥에 갇힌 자가 되어 나와 나 사이를, 나와 사람 사이를, 나와 세상 사이를 갈라놓고 있었다. 내가 어디에 서 있는지 여실히 드러났다.

화려한 먹물의 언어에 가려져 미처 몰랐던 사실이다. 지식으로 만날 수 있는 앎의 영역은 더할 나위 없이 작았다. 그제야 인간의 지성을 넘어선, 미처 가늠할 수 없는 광대한 앎의 세계가 있다는 것을 어렴풋이 알 듯했다.

인적 없는 캠퍼스는 온통 눈에 덮였다. 아무도 밟지 않은 하얀 캔버스가 깔렸다. 별보다 하얀 눈이 별처럼 쏟아진다. 『코스모스』의 저자, 칼 세이건(Carl Sagan)이 천체 사진 속 지구를 보고 나서 했던 말이 떠올랐다.

'창백한 푸른 점'

명왕성 부근을 지나고 있던 보이저 1호는 망원 카메라를 지구 쪽으로 돌려 지구와 태양 간 거리의 40배인 60억㎞ 거리에서 지구의 모습을 잡아냈다. 사진 속에 담긴 우리가 사는 세상은 그의 말처럼 그저 '창백한 푸른 점'에 불과했다.

검은 배경 위에 떠다니는 작고 희미한 픽셀 하나는
짐작조차 할 수 없는 무한한 우주 앞에서
얼마나 겸허해야 하는지,
이 작은 점 위에선 자만이 얼마나 어리석은지 알려 준다.

부끄럽지만 망설임 없이 한 발자국을 떼었다. 눈 위에 한 발 한 발 발자국을 새기며 마지막 논문 수정을 위해 도서관으로 향했다. 그날의 하늘은 창백한 푸른 점들을 밤새 뿌려 댔다.

아는 것이 없다는 사실 외에 한 가지를 더 알게 되었다.

학위는 똑똑하고 잘난 전문가라서 주는 것이 아님을.
이것 하나 깨닫기까지
무수히 자신을 허물었던 과정을 잊지 말라고 주는 것임을.
인류 역사에 내가 상상조차 할 수 없는 경지에 도달했던
수많은 현자가 있었음을 기억하라고 주는 것임을.
10년을 들이파서 겨우 무지함 하나 고백할 수밖에 없었던
스스로를 잊지 말라고 주는 것임을.

열망
하다

적당한 포만감에 흐뭇하다. 계산을 끝내고 이제 막 식당을 나서는 찰나 핸드폰 알람이 울린다. 구글의 메시지다. "방문하신 장소는 마음에 들었습니까?" 간담이 서늘했다. 1997년의 공포 영화 〈나는 네가 지난여름에 한 일을 알고 있다〉의 주인공이 된 것 같았다. 메시지를 터치하자 다른 창이 뜬다. 방문한 장소에 대한 평가 항목과 함께 다른 이들의 평가가 보인다. 사진을 첨부하겠느냐는 알람도 곧 이어졌다. 이곳에서 사람들이 머무는 평균 시간대와 시간대별 혼잡도를 보여 주는 그래프도 나타났다.

페이스북에는 친구 추천이 올라오고 유튜브에 들어가면 내가 흥미를 가질 법한 영상이 리스트 업 된다. 온라인 쇼핑몰에 들어가면 내 취향을 고려한 쇼핑 리스트가 따라온다. 포털 사이트에 접속하면 나이와 성별, 관심사에 최적화된 광고가 뜬다. 운전할 때면 내비게이션 앱을 이용하고, 길을 찾거나 전화를 걸 땐 음성 인식 서

비스를 사용한다. 그러나 그날의 구글 알람은 내가 처음 인지한 인공 지능(AI)이었다. 섬뜩했다.

내가 어디를 가고 누구를 만나며 무엇을 먹고 어떤 것을 사는지 AI는 알고 있다. 지난주에 누구를 만났는지 그저께 무엇을 먹었는지 떠올리려면 기억을 더듬어야 하는 나보다도 나를 더 잘 아는 존재다. 1초에 100경 번의 연산을 처리하는 슈퍼컴퓨터 앞에 서 있는 내 모습이 상상된다. 붕어가 된 기분이다.

페이스북에 따르면 어떤 사람의 '좋아요'만 살펴봐도 그 사람에 대해 누구보다 잘 알 수 있다고 한다. 한 심리 통계학자의 연구는 이를 뒷받침한다. 개인이 페이스북에서 누른 '좋아요' 68개만으로도 피부색, 성적 취향, 정치 성향, 마약과 술 중독, 이혼한 가정 출신인지 등 구체적인 정보를 예측할 수 있었다. 페이스북 '좋아요' 10개면 직장 동료보다 그의 성격을 더 잘 파악했고, 그 사람의 친구들보다도 그를 더 잘 알기 위해선 '좋아요' 70개가 있으면 된다. 가족보다 더 잘 알기 위해선 '좋아요' 150개만 있으면 되고, '좋아요' 300개가 있으면 배우자보다 더 많은 것을 알기에 충분했다. 수년 혹은 수십 년 동고동락한 배우자보다 AI가 더 정확하게 파악하고 있었다. 나보다 나를 더 잘 알려면 '좋아요' 300개 이상이면 된다.

유튜브는 또 어떠한가. 이미 시청한 영상들을 기반으로 같은 영상물을 시청한 사람들이 본 다른 영상들이 내게 추천된다. 유튜브 시청과 '좋아요', '구독'이 늘어 갈수록 개인의 관심사와 성향에 맞춰

진 추천 영상은 점점 더 정확해진다. 내가 특정 영상을 몇 분간 시청하는지, 하루 평균 몇 개의 영상을 보는지, 영상의 몇 퍼센트를 보는지, 어디에서 영상을 멈추고 어느 부분을 반복해서 보며 어디에서 영상을 꺼 버리는지까지 데이터로 쌓인다. 몇 개의 영상을 보고 구독하는지, '좋아요'를 누른 시점은 언제인지, 어떤 영상에 코멘트를 다는지, 코멘트를 작성하는 시간은 얼마나 되는지, 누구와 공유하는지 모조리 기억한다. 그렇게 나에 대해 배운다.

인간을 배우며 학습하던 AI는 벌써 많은 분야에서 인간을 뛰어넘기 시작했다. 바둑을 두고 그림을 그리고 게임을 하고 소설을 쓰고 운전을 하고 진단도 하고 작곡을 한다. 머지않아서 지각을 넘어 공감하고 스스로 목표를 설정하는 자의식을 지니게 될 것이다. 종국엔 AI가 AI를 만들어 낼 것이다. 그사이 어느 시점에서는 인간의 감정과 윤리성까지 모방하기 시작할 것이다. 생각이 이쯤 오니 인간을 인간이라고 말할 수 있는 인간다움이 무엇인지 묻지 않을 수 없었다.

'도대체 내가 인공 지능보다 나은 게 뭐지?'
솔직히 별로 없다.

운전할 때마다 습관적으로 켜는 내비게이션은 막히는 길을 피해 가장 빨리 가는 길을 알려 준다. 우리는 그것을 의심 없이 믿고 운전대를 잡는다. 부동산 투자를 어디에 어느 시점에 해야 하는지 가장 적절한 타이밍과 수익률을 계산해 줄 것이다. 주식 전문가들보다 주가를 더 잘 예측하고 의사들보다 정확히 병을 진단할 것이다. 기업에 가장 효율적인 제품 생산 방법을 알려 주고 법정에서도 가장 합리적인 판결을 내릴지 모르겠다. 우리가 갈팡질팡하고 의심하고 고민하고 주저할 때, AI는 수집된 입력값과 알고리즘 그리고 그것을 이용한 무한 반복 학습으로 무장된 최적의 선택을 할 것이다. 엄청난 데이터와 실제 사례를 고려한 가장 합리적인 결론으로.

인간은 합리적이지 않다. 금전적 쪼들림에 지쳐 방금 마이너스 통장을 만들고 풀이 죽어 은행을 걸어 나오면서도 마음에 쏙 드는 상품을 발견하면 쇼윈도에 들러붙어 "어머, 이건 꼭 사야 해!"를 외친다. 처음 방문한 식당에서 서빙하는 직원에게 밝게 인사했을 뿐인데 단지 기분이 좋다는 이유로 본인의 월급으로 디저트를 쏘기도 한다. 뻔한 거짓말을 알지만 속아 주기도 하고, 진실이 필요한 순간에 알면서도 외면해 준다. 누군가 위험에 빠지면 전혀 모르는 사람일지라도 그를 돕기 위해 자신의 목숨을 걸고 뛰어든다. 시장에 가면 인심 좋은 할머니가 덤으로 콩나물을 얹어 주기도 한다. 길바닥에 나뒹구는 낙엽을 보고 미친 사람처럼 까르르 웃기도 하고 가슴이 아프다는 이유로 식음을 전폐한다. 사실 우리는 비합리의 끝판왕이다.

사랑하는 사람이 슬퍼할 때, 우리는 울 이유가 없어도 같이 눈물을 흘린다. AI는 눈물이 나올 때의 생리 현상을 우리보다 잘 안다. 눈물에 담긴 성분은 우리보다 훨씬 빠르고 정확하게 분석할 수 있다. 그렇지만 우리가 왜 우는지, 슬프다는 느낌이 무엇인지 모른다. 혹여 나에게 왜 그리 슬퍼하냐고 물을지도 모른다. 함께 울어 주겠다 할지도 모르겠다. AI가 같이 슬퍼해 주겠다며 내 앞에서 흐느껴 우는 소리를 낸다면 난 정말 식겁할 것이다.

진짜 눈물은 살아 있는 생명체에서만 볼 수 있다. 만약 기술이 더 발전해 인간의 모습을 하고 인간이 흘리는 눈물과 똑같은 성분의 액체를 눈에서 뿜어낸다면 그것은 진짜일까, 가짜일까.

AI는 손해를 보고 희생을 하거나 자신을 망가뜨리는 일을 선택하지 못한다. 어떤 순간에도 바람직하고 최적화된 삶의 모델을 제시한다. 우선순위에 의해 순차적으로 정리된, 모든 위험 요소와 돌발 변수를 고려한 가장 효율적인 답을 알려 줄 것이다. 내가 어떻게 해야 하는지 또는 무엇을 하지 말아야 하는지 이미 답은 정해져 있다.

아무리 바람직하고 합리적인 좋은 선택이라 할지라도 우리는 늘 그렇게 하진 못한다. 그날의 기분이나 날씨에 따라 하루가 좌우되고, 사소한 것에 마음을 빼앗기고, 남의 말에 엄청나게 영향을 받는다. 정확하게 판단을 내리지 못하고 수없이 많은 실수를 범한다. 안타깝게도 그리고 무척 다행스럽게도 인간은 너무나 인간적이다.

새해 첫날 온갖 좋은 것들로 자신을 위한 계획을 세워 놓고도 삼일을 못 간다. 우리는 가장 좋은 선택이라는 것에서 벗어나는 데 선수들이다. 몸에 안 좋은 걸 알면서도 먹고 있고, 몸에 안 좋은 행동이라는 것을 알면서도 하고 있다. 웃지 못할 상황에서 웃음을 터뜨리고 말이 안 되는 엉뚱한 판단을 한다. 누가 봐도 어긋난 방향으로 나아가기도 하고 스스로 자해하기도 한다. 보고 싶다는 이유로 한밤중에 뛰쳐나가 사랑하는 사람의 집까지 걸어가기도 하고, 슬프다는 이유로 해로운 걸 알지만 술독에 빠져서 지내기도 한다.

인간의 약점으로 꼽히는 것들이 인간을 인간답게 한다.
인공 지능과 다른 점이다.
그것이 미래에는 장점이 될지도 모르겠다.
우리의 아이러니가 인간임을 증명하고 있다.

내가 어떤 말을 하고 어떤 습관을 지니고 있으며 어디에 가고 어떤 감정을 느끼고 무엇을 좋아하고 싫어하고 기뻐하고 슬퍼하고 무서워하고 두려워하는지 다 기록되는 세상이다. 하지만 그 데이터는 알려 주지 않는다. 당신이 이 세상에 존재한다는 사실과 존재하는 의의를 말이다. 그것은 안락한 정답지에서 찾을 수 없다.

데이터의 누적된 합이 당신이 아니다.
실수와 실패를 통해 존재의 의의를 하나둘 깨닫게 된다.
그래서 우리의 허점은 언제나 중요하고 항상 의미 있다.

스티브 잡스(Steve Jobs)는 2005년 스탠퍼드 대학 졸업식 축사에서 이렇게 마지막 대사를 남겼다.

"Stay hungry, Stay foolish."

직역하면 '배고픈 채로 있고, 어리석은 채로 있어라'이다. 그는 현실에 안주하거나 만족하지 말고 굶주린 것처럼 무엇을 해야 할지를 찾고 갈망하라고 말한다. 똑똑하게 다 알고 있다고 생각하지 말고 항상 모자람이 있다고 생각하라고 말한다. 인생을 정확히 자로 잰 듯 정답만을 쫓아 살기보다는 한심할 정도로 무모해 보여도 마음의 소리를 듣고 살아가라는 뜻으로 새겨진다.

황당해 보일 정도로 놀라운 꿈을 꾸고 상상하고 모험할 수 있는 것은 인간뿐이다. 우리 손에 쥐어진 스마트폰보다 스마트한 AI에는 없는 뜨거운 울림이 우리에게 있다. 바보처럼 어리석다는 소리를 들을지언정 그것이 당신의 인생에 차이를 만든다. 그것이 당신을 당신답게 만든다.

데이터의 누적된 합이 당신이 아니다.
실수와 실패를 통해 존재의 의의를 하나둘 깨닫게 된다.
그래서 우리의 허점은 언제나 중요하고 항상 의미 있다.

느끼다

떼제의 하이라이트는 하루 세 번의 예배다. 말이 예배이지, 정해진 시간만 있을 뿐 프로그램도 설교자도 없다. 어지럽고 시끄러운 외부와 차단된 시공간이 허락된 선물 같은 장소다. 사람 수만큼 많은 문화와 다양한 배경들이 예배당에 모여 찬양을 하고 10분간 침묵을 가진다. 중저음의 부드러운 선율과 단순하지만 조화로운 화음의 찬송은 따뜻한 물속에 잠겨 듣는 자장가 같다. 수도사 한 분이 짧은 성경 한 구절을 읽고 나면 모두가 잠잠하고 평온하게 묵상 기도를 한다. 그 누구도 목청껏 신을 부르짖지는 않았지만, 그때만큼 가까이 신이 느껴진 적은 없었다.

언어도 외모도 문화도 배경도 심지어 종교도 다 달랐지만, 모두가 하나로 연결된 느낌이다. 원래 우리가 하나였던 것 같은 진한 동질 감과 함께 인간 본연에 있는 신성(神聖)에 다가가는 듯했다. 두려움과 경이로움, 성스러움과 비천함을 동시에 느꼈다. 스펙트럼 안에 담긴 개성체들은 각자의 색을 드러내면서도 서로를 품고 하나로 어우러지고 있었다. 말하지 않고서 말하고 있었다.

봉사 활동을 끝낸 사람들은 홀로 묵상을 하거나 성경을 읽는다. 혹은 신앙을 주제로 소규모 단위의 모임에 참가한다. 삶에 관한 토론을 하거나 간증을 하기도 한다. 나는 독일, 프랑스, 영국, 싱가포르, 덴마크, 캐나다, 러시아인들과 한 조를 이뤄 서로가 가진 고민과 갈등에 관해 이야기했다. 서로를 듣고 또 들었다. 서로를 위해 손을 잡아 주고 함께 기도해 주었다. 서로 깨어지고 깨어나는 순간이다.

모임을 마치고 일어나려는 찰나, 내 옆자리에 앉았던 독일인 친구가 물었다.

"너는 누구니?"
"전혜진이라고 해."
"그건 네 이름이고."
"아. 나는 한국에서 온…"
"그건 네 나라잖아. 네가 누구냐고."
"음…"
"너의 전공이나 직업, 사람들이 너를 부르는 명칭 이런 거 말고."

20년 전쯤이니 스무 살이 조금 넘었을 때다. 그런 질문은 받아 본 적도 없고, 그런 생각을 해 본 적도 없었다. 낯설고 당혹스러웠다.

뭐지, 얘는? 기껏해야 내 또래 정도 되어 보이는데. 소크라테스가 내 앞에 나타난 것 같았다. 나의 '음…' 은 길어졌다.

"잘 모르겠네. 나도 나를 찾고 싶어."
"너를 찾아? 왜? 이미 가지고 있잖아."
"난 가진 게 아무것도 없는데?"
"가진 게 아무것도 없다고?"
"난 아직 이룬 것도 없고 해 놓은 것도 없으니까 가진 게 없지."

그는 잠시 말을 멈췄다.

"너는 이미 너를 가지고 있잖아."

이게 뭔 개소리인가 했다. 내가 그의 질문에 황당해하는 것 이상으로 그도 나의 대답에 황당해하고 있었다. 어쩔 줄을 몰랐다. 내 눈만 멀뚱멀뚱 휘둥그레졌다.

"너는 네 거잖아."
"왜 그 말이 이렇게 낯설지?"
"그건 네가 다른 데 가 있어서 그래."

이쯤 되니 그는 무슨 연금술사 같았다. 더 이상 동공이 커질 수 없을 만큼 커진 나에게 그는 인내심 있게 설명해 주었다.

"넌 여기 있는데, 여기 없기 때문에 네가 안 느껴지는 거야. 잘 모르겠다면 이렇게 해 봐. 너의 감정을 충분히 느껴 봐. 매 순간 네가 어떻게 느끼고 생각하는지 감정의 끝까지 들어가 봐. 포장하거나 속이지 말고, 모른 척 아닌 척하지 말고 솔직해야 해. 그럼 그때그때 네가 어디 있는지 진짜 너를 느낄 수 있어. 생각과 감정을 충분히 느끼고 들여다보면 다른 것들이 보일 거야. 감춰지고 숨겨진 것들을 발견하고 해소하고 흘려보내는 거야. 그것이 어디서 왔는지 알게 되면 어떻게 보내야 하는지도 알게 돼. 네가 어디 있는지 아는 순간에만 '지금'에 존재할 수 있어. 그러면 너는 너를 가진 상태의 네가 되는 거야. 너 자체만 있는 거지."

까마득한 기억이지만 그날을 떠올리면 지금도 생생하다. 그 말을 이해하기까지 오랜 시간이 걸렸다. 새로운 사람들과 인사를 나눌 때마다 그의 말이 떠오른다. 여전히 나는 어디 살고 무엇을 하는 누구라고 소개할 수밖에 없다. 그러나 그가 만들어 준 작은 틈은, 나를 설명하고 규정해야 하는 뻔한 순간에도 나를 깨어 있게 했다. 누군가가 나에게 보여 주는 한정된 모습에도 그 이상이 있음을 안다.

소시지의 맛을 설명하는데 방법을 몰라 어쩔 줄 몰라 했던 내가 떠오른다. 아무리 그럴싸하게 설명한다 한들 그것은 말일 뿐이다. 맛을 보기 전에는 모른다. 소시지의 열량과 식감, 향, 사이즈, 구성물, 짠맛의 정도, 수분 함량 등을 연구하고 이야기할 수는 있지만 그것이 소시지는 아니다.

소시지에 대한 모든 정보를 다 합친다 해도 소시지가 되지 않는다. 소시지를 먹어 보면 소시지를 설명하는 말은 더 이상 의미가 없다. 지금 존재하는 내가 그 맛을 느끼는 것 이외에는 아무것도 중요하지 않다.

표지판 역할을 할 뿐이다.
무언가를 설명하는 말이 본질은 아니다.
나를 설명하고 있는 것들이 나의 본질이 아닌 것처럼 말이다.
말에 집착할 필요가 없어진다.

내가 나에 대해 알고 싶어 끊임없이 나에 대한 설명을 찾아다녀 왔던 것과 마찬가지다. 납득할 수 있을 때까지, 혹은 모르는 것이 없어질 때까지 물었다. 그것은 표지판에 불과하다. 나를 설명할 수 있는 무수히 많은 자료와 적절한 형용사를 찾는다 해도 그것은 내가 아니다.

아무리 많은 설명을 보태도 실체를 실제로 느낄 수는 없다.

내가 여기 없기 때문에 내가 안 느껴졌었다. 매 순간 어떻게 느끼고 반응하는지 생각과 감정을 알아차리지 못했었다. 생각의 끝에서 마주하는 것이 못마땅하면 포장해 버렸고, 감정의 끝에서 드러난 것을 인정할 수 없으면 속이곤 했다. 솔직하지 못한 채, 생각과 감정에서 자꾸 돌아서는 버릇이 들었다. 마음에 들지 않는다는 이유로 내가 나에게서 돌아서다 보니 내 안의 무언가가 죽어 가는 것을 느꼈다.

풀지 못한 과거의 찌꺼기에 잠식돼 여기 없었고, 막연한 기대감으로 미래에 도달하기 위해 여기에 없었다. 들키고 싶지 않은 비밀처럼 베일에 가려 놓고 '척' 하기에 바빴던 나는 여기에 없었다.

지금에 있지 않음을 아는 순간, 지금에 있게 된다.

자신 안에 있는 생각과 감정을 관찰하고 알아차릴 때 우리는 그 너머를 발견할 수 있다. 생각의 흐름을 따라가다 보면 생각들이 나타났다가 사라지는 지점이 있다. 감정의 배후를 들여다보면 감정이 일어나고 흩어지는 공간이 있다. 끝까지 들어가 보면 알게 된다. 온갖 생각과 감정, 욕구와 감각이 담기는 바탕의 차원이 '나'라는 걸. 나는 내가 존재하는 상태 자체의 '있음'이라는 걸. 생각하는 나를 바라보고 있는 것이 바로 '나'라는 걸.

그의 말이 맞았다.
나는 이미 나를 가지고 있었다.

끌어
안다

기억이 남아 있는 지난날을 돌이켜 보면 딱히 마음에 구석이 없다. 과거를 회상할 때면 가슴 뭉클해지는 아련한 추억에 두 눈이 촉촉해지기보다는 뒤집어엎어 버리고픈 충동에 더 잘 휩싸이곤 했다. 누구나 한 번쯤 모든 것을 망가뜨리기로 작정한 사람처럼 구는 시기가 있다. 스스로도 지칠 만큼 나는 그 시기가 꽤나 길었다.

부모 자식 관계는 보통 매끄럽지 못한 지점을 지나기 마련이다. 그때 형성된 원망은 내면 깊숙이 자리 잡았다. 나를 이 지경으로 만든 원인을 부모에게 돌리며 거칠고 폭력적인 반항심을 키워 갔다. 법적인 나이로 성인이 된 후엔 사회생활을 시작하면서 적당히 자신을 감추는 법을 터득했다. 그다지 성공적으로 포장하지 못했지만, 겉보기에 멀쩡해 보이려 안간힘을 썼다.

첫 조카가 생겼을 때다. 강퍅하고 메마른 내 가슴에 조건 없는 사랑이 무한히 소용돌이치며 솟구쳤다. 이런 날도 오는구나 싶었다. 눈에 넣어도 안 아프다는 말이 무슨 말인지 어렴풋이 알 듯했다. 난생처음 느껴보는 묘한 감정이었다. 이런 감정만큼이나 낯선 게 있었으니 엄마가 손주를 대하는 모습이었다. 손주를 보며 애지중지 본인도 어쩔 줄 모르는 엄마를 보면서 나의 유년 시절이 떠올랐다. 어디 하나 조그만 상처라도 날까 봐 잠시도 눈을 떼지 못했다. 손주가 웃을 때마다 엄마는 더 크게 웃었다. 같이 기분이 좋으면서도 왠지 모르게 못마땅했다. 결핍이 쌓여 온 방증이다.

"손주 사랑하는 거 반만 사랑해 줬어도 내 성격이 이렇지는 않았을 텐데."

은근슬쩍 못이 박힌 한마디를 툭 내뱉었다.

"야, 네가 사랑을 얼마나 많이 받았었는데!"

엄마는 조카에 정신이 팔려 듣는 둥 마는 둥 하면서도 반박의 타이밍은 놓치지 않았다.

"아, 그래서 내 성격이 이 모양이구나."

비비 꼬아 대답하고도 뭔가 성에 안 찬다. 내가 사랑을 받았다고? 기가 차서 헛웃음이 나왔다. 전혀 동의할 수 없었다. 그날 밤 엄마는 내가 기억하지 못하는 사연들을 풀어놓았다. 별로 대단한 사연은 없었지만 나름 진지하게 경청했다. 과거로 소환된 나는 애석함과 씁쓸한 기분이 들었다.

엄마는 그때 왜 나를 이해해 주지 못했을까.
조금만 마음을 헤아려 줬었다면 좋았을 텐데.
그랬다면 덜 아팠을 텐데.
지금까지 이런 상처투성이로 살지 않았을 텐데.

아쉬움에 쉽사리 잠들지 못했다. 잘 달래서 묻어 두고 있었던 분노와 원망도 다시 끓어올랐다. 침대에서 한참을 뒤척이다 불현듯 그런 생각이 들었다. 엄마에게도 10대가 있었겠지. 엄마는 내 나이때 무슨 생각을 하면서 지냈을까. 엄마에게도 부모에 대한 기억이 있을 텐데 엄마가 기억하는 할머니는 어떤 모습이었을까. 엄마의 엄마에게 충분히 이해받았을까. 할머니에게도 젊은 날이 있었겠지. 할머니도 당신의 엄마에게 만족스러운 사랑을 받았을까.

어려운 추측은 아니다. 아마도 그렇지 못했을 것이다. 내가 그렇듯 엄마도 할머니도 처음 살아 보는 거니까.

결혼도 처음 해 보고 아이를 가지게 된 것도 처음이겠지. 지금처럼 원하는 시기에 결혼을 늦게 하는 분위기도 아니었으니 정말 아무것도 모른 채로 어린 나이에 부모가 되었겠지. 난생처음 가정을 만들어 보고 자녀를 키우니 시행착오가 많았겠지. 그때는 요즘 같은 부모 교육이나 자녀를 위한 가이드도 없었으니 모든 걸 혼자서 다

해결해야 했겠지. 마땅히 상담할 만한 곳도 없었고 육아를 의지할 수 있는 제도가 있었던 것도 아니다. 별별 상담 전문가가 넘쳐나는 시대가 되었지만, 그때는 상담이라는 단어조차도 생소했으리라. 궁금한 것을 물어보고 모르는 것을 찾아볼 만한 인터넷도 정보도 없었다. 지금처럼 자신의 목소리를 낼 수 있는 시기도 아니었고 어디 가서 스트레스를 해소할 만한 장소도 없었다.

새마을 운동의 타이틀처럼 그들이 보낸 시기는 오직 '잘살아 보세' 한 문장으로 축약된다. 말 그대로 먹고살기 위한 생존 투쟁에 가까웠다. 나이가 되면 이유 불문하고 결혼을 해야 했고, 결혼을 안 하는 사람은 뭔가 심각한 문제가 있는 사람으로 여겨졌다. 이혼은 신문에 나올 법한 상상할 수 없는 치욕과 비슷한 것으로 치부되었다.

자녀를 위해서 자신을 희생하는 것이 당연하던 때다. 자신이 먹고 싶은 것, 입고 싶은 것은 언제나 남편과 자식 뒤의 맨 마지막 순서가 된다. 자신이 원하는 꿈을 꾸고 희망을 이야기하던 때가 아니었다. 무엇이 되겠다는 의지나 열망을 품고 사는 게 뭔지도 몰랐을 거다. 자신의 인생을 살기는커녕 자신을 들여다볼 만한 여유도 없었다.

자식에게 좋은 것을 주고 싶지 않은 부모가 어디 있을까. 자식이 잘되기를 바라지 않는 부모가 있겠는가. 더 주고 싶어도 본인이 겪고 알고 경험한 범주 내에서 줄 수밖에 없다. 가진 전부가 그것이기 때문이다. 엄마는 최선을 다해서 사랑을 주었다. 본인이 생각한 최고를 주었다.

몰랐을 뿐이다. 어떻게 사랑해 줘야 하는지도 모르는 채 사랑을 주고 있었다. 본인도 제대로 된 사랑을 받아 본 적이 없기에 사랑이 무엇인지도 모르면서 우리를 키워 온 것이다. 그것이 비록 내 눈에는 사랑으로 보이지 않을지라도. 그것이 비록 내가 받고 싶었던 특정한 형태의 그 무엇이 아니었을지라도 나는 사랑받고 있었다. 한 사람이 줄 수 있는 최선과 최고가 담긴 사랑을.

나이를 먹었다고 모두 어른이 되는 것도 아니고, 어른이 된다고 무엇이든 다 알지는 못한다. 애정 어린 관심과 지속적인 지지를 받고 자랐어야 했던 엄마가 보인다. 때로는 감당하기 힘든 자신의 삶을 지탱하며 자식에 대한 사랑과 자신의 정체성 사이에서 갈팡질팡했을 그녀가 보인다. 세월의 흔적을 담아 주름이 깊어지고 흰머리가 늘어가는 엄마 안에 소녀가 있다. 지금의 나보다 더 사랑이 필요했던 소녀가 보인다. 그간 미움과 원망, 분노로 차곡차곡 쌓아 온 탑은 순식간에 녹아 버렸다. 절대 무너뜨리지 못할 것 같았던 애증의 벽은 흔적도 없이 사라졌다.

꿈이 뭐냐, 무엇을 하고 싶냐는 소리를 우리는 진저리 날 만큼 듣고 산다. 꿈이 없으면 큰일이라도 날 것처럼 말이다. 원하는 것을 해 보라고 독려를 받고 망상에 가까운 꿈일지라도 포기하지 말라고 지지를 받는다. 아무리 이해가 안 될지라도 우리의 선택은 존중을 받는다. 오히려 꼭 하고 싶은 게 있어야 하냐고 되묻는 지경이다.

다음 날 아침, 뜬금없이 물었다.

"엄마는 꿈이 뭐였어?"

엄마에게는 사치에 불과했던 꿈을 물어서였을까. 이런 질문을 처음 받아 봐서 그랬을까. 너무 오래되어 빛바랜 기억이라 떠올리는데 시간이 걸렸던 것일까. 닿을 수도, 가질 수도, 시도도 해 볼 수 없었던 것이었기 때문일까. 머릿속에서 잊힌 것을 애써 찾고 있는 듯했다.

"발레리나가 되고 싶었어."

조카를 사랑하는 엄마를 보며 내가 던진 말투와 묘하게 비슷했다. 엄마의 꿈은 당연히 시작도 못 해 보고 끝이 났다. 여자가 그런 거 배워서 뭘 하느냐는 부모님의 반대로 두 번 다시 입에도 올리지 못했다고 한다.

각자 처한 입장이 있고, 살아 내야만 했던 환경이 있다. 경험한 한도 내에서 세상을 재단했던 나는 너무 몰랐다. 경험으로 알 수 있는 세상은 너무 작다. 무한한 세계에서 생에 걸쳐 한 인생이 경험할 수 있는 범주는 지극히 작다. 이제 조금 알겠다. 우리 부모들이 어떻게 살아야 하는지도 모르는 터널을 온몸으로 부딪치며 지나왔다는 사실을. 우리처럼 원하는 것을 얻기는커녕 쉽사리 입 밖으로 꺼내지도 못해 왔다는 사실을. 자녀들이 원하는 사랑을 주고 싶어도 정작 그들은 그런 사랑을 제대로 받아 본 적이 없다는 사실을. 무엇을 주어야 하는지 몰라서 자신이 원했던 것을 주고 그들이 가진 것 중에 제일 좋은 것을 주었다는 사실을.

엄마는 여전히 가끔씩 신경질 섞인 목소리로 내 이름을 우렁차게 불러 댄다. 급한 성질을 못 참고 짜증을 부리기도 한다. 그래도 알 수 있다. 뚜렷한 증거를 대기는 어렵지만, 엄마는 예전에도 지금도 앞으로도 나를 사랑할 것임을 안다. 성향과 체질이 달라도, 가치관과 취향이 달라도, 서로의 이해와 입장이 달라도, 그래서 어쩌다 전쟁이 난 듯 우리가 홍역을 치를지라도 그것은 분명 사랑이다.

누구도 준비가 되어 있는 채로 세상에 오지 않는다. 준비는 아무도 안 돼 있다. 누군들 준비가 되어서 생이 시작되는가. 엄마들은 준비도 없이 여기까지 와 주었다. 누군가의 도움이나 특별한 배움 없이 주고 또 주었다. 받으면서도 원망하고 비난하는 우리를 나름의 방식으로 안아 주었다.

엄마 안에 있는 소녀에게 내가 엄마가 되어 주기로 했다. 그 소녀가 충분히 넘치게 받지 못했던 관심과 지지와 응원을 퍼부어 주기로 했다. 무조건 내 편이 되어 주기를 원했던 것처럼 무조건 엄마 편이 되어 주기로 했다. 시니어를 위한 발레 레슨 교습소를 찾아 등록을 마쳤다. 쇼윈도에 얌전히 진열된 연분홍빛 리본이 달린 발레 슈즈를 샀다. 엄마 품에 발레 슈즈를 안겨 주며 이렇게 외쳤다.

"엄마! 하고 싶은 거 다 해!"

각자 처한 입장이 있고, 살아 내야만 했던 환경이 있다.
경험한 한도 내에서 세상을 재단했던 나는 너무 몰랐다.
경험으로 알 수 있는 세상은 너무 작다.
무한한 세계에서 생에 걸쳐 한 인생이 경험할 수 있는 범주는
지극히 작다.

드러
나다

"혜진아. 잘 지내지? 요즘 많이 바쁘니?"

이른 새벽 선배에게 전화가 왔다. 비몽사몽 잠이 덜 깬 상태다. 대답하기도 전에 성급히 본론으로 들어가 버린다.

"너 정치 커뮤니케이션 분야로 논문도 썼던데 이번 선거에 도움을 주면 좋겠다. 이따 오후에 시간 좀 낼 수 있겠어?"

내 의향을 물어보려는 질문은 아니다. 요청이다. 언론학을 전공 중이던 나는 그렇게 얼렁뚱땅 바로 선거 현장에 투입됐다. 그 후 총 다섯 번의 선거, 한 번의 대통령 선거와 두 번의 국회의원 선거 그리고 지방 선거에서 후보자의 미디어 트레이닝을 진행했다.

나는 정치에 별 관심이 없다. 재미있는 부분은 따로 있다. 정치 관련 이슈로 움직이는 사람들의 심리 변화가 그것이다. 한 달 남짓에서 길면 여섯 달 사이의 짧은 기간에 별별 일이 다 벌어진다. 어떤 드라마보다 드라마틱한 것이 선거판이다. 거의 평생에 걸쳐 일어날 법한 다양한 사건들이 한정된 시간에 쏟아진다. 한 인간에게 벌어질 수 있는 크고 작은 희로애락이 함축된 축소판 같다.

대세의 흐름을 타고 순항하다가도 기가 막힌 타이밍에 상황이 역전되기도 한다. 별것 아닌 사소한 실수가 꼬리에 꼬리를 물고 거대 이슈로 확장되기도 하고, 덮어 두고 싶었던 암울한 흑역사가 생각보다 수월하게 이해받기도 한다. 어떤 이슈에 의견을 달았다가 돌아올 수 없는 강을 건너기도 하고, 말 한마디 잘해서 사람들의 마음을 얻기도 한다. 잘 나가다가 꼬꾸라지기 일쑤고, 벼랑 끝에서 추락하다가도 부활하는 자들이 있다. 아무도 알 수 없는 도박판이다. 선거 당일까지 긴장의 끈을 놓을 수 없다.

정치는 살아 움직이는 생물이다. 정치에 관심이 많은 사람부터 전혀 아닌 사람에 이르기까지 유권자의 표심은 계속 달라진다. 언론이 탄생한 이래 가장 오랜 시간 고민하고 연구한 것은 본질적으로 '사람들은 무엇에 어떻게 얼마나 영향을 받는가'이다. 요즘은 정치가 언론보다 이것에 더 정통한 것 같다.

알다가도 모르는 게 사람 마음이다. 하나의 선거권을 행사하는 데에도 복합적인 요인들이 우선순위를 다투며 작동한다. 연령, 성별, 지역, 교육 수준, 부모님의 영향은 물론 살아온 배경과 특정한 경험은 한 사람의 모든 것에 작용한다. 그것들은 우리의 무의식에서 마음을 바꾸거나 마음을 굳히는 데 결정적인 역할을 한다. 동정심에 의해 선택지를 바꾸기도 하고, 파급력이 큰 사안이 터져도 요지부동으로 같은 마음을 유지하기도 한다. 선거처럼 단 한 명만을 선택해야 할 때, 사람들은 보통 자신이 제일 중요하다고 생각하는 것을 고려한다. 사람마다 판단 기준이 다르고 마음속에서 차지하는 중요도도 다르다. 그러나 후보자가 보여 주는 전체적인 이미지는 사람들 대부분 받는 느낌이 비슷하다.

현장에 들어가서 최초로 파악하는 것은 후보자의 생각이다. 후보자 생각이 그의 정체성에 맞게 드러나야 하고 일관된 행동과 발언, 이미지로 보여 주어야 하기 때문이다. 정치 철학과 각종 현안에 대한 입장, 시대가 고민하는 화두에 대한 평소 생각을 확인한다.

짧은 시간에 고강도의 타이트한 스케줄을 소화하기란 쉽지 않다. 시간적인 압박뿐 아니라 선거 자체가 주는 중압감을 견뎌 내야 한다. 사람들의 기대나 바람 또한 거세다. 양극단의 요구를 포괄하면서도 자신의 입장을 견지해야 한다. 옆에서 도와주는 그룹이 있지만, 정신적으로 감정적으로 신체적으로 모든 능력을 풀가동해야 한다.

연설 준비와 인터뷰 모니터링은 질문에 대한 막힘없는 답변에 한정되지 않는다. 말과 말투, 억양을 교정한다. 말보다 중요한 것은 말에 실린 감정이다. 말이 아무리 부드럽고 예의를 차렸을지라도 그 안에 담긴 감정은 숨길 수 없다. 감정은 표정에 가장 완벽하게 실린다. 상대에 따라 미세하게 움직이는 표정의 변화를 분석해 설명해 준다. 제스처도 빠질 수 없다. 손은 어떻게 사용해야 하며 팔은 어디까지 뻗어야 하는지 시선은 어디에 두어야 하는지 몸의 언어를 수정한다. 호감을 줄 수 있는 억양과 목소리 톤을 찾아내고 신뢰감을 줄 수 있는 헤어스타일과 옷을 선택한다. 현장에서 유권자들을 만날 때의 태도와 기자들을 대하는 자세도 교정한다. 거만해 보이지 않으면서 당당할 수 있는 포지션을 찾는 것이다.

연설문, 입장문과 기고문, 인터뷰 등의 글은 전문가에 의해 편집되고 수정된다. 조금 부족해도 다듬어지고 만들어질 수 있다. 그러나 아무리 뛰어난 포장 전문가가 있어도 포장이 안 되는 것이 있다. 선거의 판을 뒤흔드는 가장 큰 변곡점을 맞는 부분이기도 하다. 바로 생방송으로 진행되는 TV 토론이다. 민낯이 드러나는 순간이다.

보통 TV 토론은 선거 중반에서 선거 직전에 세 차례 정도에 걸쳐 잡힌다. 후보자의 피로도는 쌓일 만큼 쌓이고 과부하가 정점에 다다르는 시점이다. 잠시 잠자는 시간 빼고는 모든 일상이 오픈되다 보니 쉽게 예민해지기도 하고 자신도 모르게 자신의 습성이 튀어나온다. 연습을 반복하고 주의 사항을 기억하며 스스로를 능숙하게 컨트롤할 수 있어도 변수는 항상 생긴다. 상대가 있기 때문이다. 그렇기에 상대 후보자에 대한 분석도 필수적이다. 상대의 기질과 성향에 따라 나올 수 있는 질문과 공격을 예상해야 한다. 정책질의, 사생활이나 이슈에 대한 대응 방식은 물론 상대 후보자를 대하는 태도까지 준비시킨다.

현장은 초긴장 상태다. 작은 실수도 용납되지 않는다. 후보자가 긴장하지 않도록 최대한 유도하지만 어디 그게 마음대로 되는가. 생방송 토론이 시작되면 각 후보자의 진영은 자신의 후보자 입술만 뚫어져라 바라본다.

다섯 명의 대선 후보자 중 한 사람의 입에서 대형 사고가 터졌다. 보고도 믿기지 않았다. 그의 발언에 우리 팀 모두 너무 놀라 얼음처럼 굳어졌다. 환호성을 지르며 박수를 치는 팀원도 있었고 웃음을 참지 못하고 끝내 박장대소가 터져 나온 팀원도 있었다.

"세상에, 이럴 수가!"
"분명히 연습하고 나왔을 텐데. 누가 준비시킨 거지?"
"박사님! 저 팀에 X맨이 있나 봐요."

나는 황당해서 입을 다물지 못했다. 본인 스스로 네거티브 전략을 자신에게 사용하다니. 선거에서는 자신에게 불리한 단어를 자기 입으로 먼저 언급하지 않는다. 기본 중의 기본 원칙이다.

"아니, 본인이 X맨인 거지."

X맨. TV에서 방영되었던 예능 프로그램이다. 같은 팀 내에서 일부러 지게 만드는 미션을 부여받은 사람이다. 이후 스포츠 경기에

서 실책을 연발해 상대 팀의 승리에 일조하거나 자책골을 넣는 사람을 보고 X맨이라 부르기도 했다.

몇 분 지나지 않아 네거티브 발언이 다시 터져 나왔다. 그것도 같은 후보자의 입에서. 선거는 그 순간 끝나 버렸다. 그것이 한마디의 말실수였을까. 아니다. 아무리 감추려 해도 자신 안에 있는 생각은 밖으로 나와 버리기 마련이다. 조심하려 노력하고 그럴듯하게 포장하고 나름대로 연기를 해도 자신이 미처 생각 못 하고 알지도 못하는 사이에 어떤 형태로든 드러난다.

분명 토론 전에 연습이 있었을 것이다. 이런 말은 되고 저런 말은 왜 안 되는지 설명도 들었을 것이다. 언제 어떻게 질문을 던지고 상대의 질문에 어떻게 대응해야 하는지 준비했을 것이다. 급할 때는 키워드를 선정하고 연상 기법을 총동원한다. 고개를 끄덕이며 알겠다 했겠지만, 머리에서 받아들였을 뿐이다. 몸이 그렇게 살지 않았다면 어느 순간 진짜 자기가 튀어나와 버린다. 전문가에 의해 다듬어진 포장지를 뜯고 가슴속 깊이 박혀 있던 것이 터져 나온다. 대본이 있어도 소용없다. 머릿속으로 달달 외우고 다짐에 다짐을 거듭해도 큰 의미가 없다. 본연의 모습이 드러나는 것은 결국 시간 문제일 뿐이다.

우리는 상황에 따라 가면을 쓰고 살지만 내 안에 있는 것들은 완벽하게 감춰지지 않는다. 쌓이고 쌓여 온 억압된 무의식은 긴장하거나 급박하거나 불편한 상황에 놓일수록 쉽게 나타난다. '나 이런 사람이야.'라고 온 세상을 향해 소리치는 격이다. 구원 투수가 없다. 내가 X맨인 것이다. 간혹 말실수나 헛말이 나오는 경우도 있지만 대부분은 진짜 내 위치, 내 수준에서의 내가 튀어나온다.

그날의 사건을 목격하며 나는 말수가 적어졌다. 깊게 고민하지 않아도 알 수 있었다. 다른 사람 앞에서 내가 어떻게 행동하고 말하는지, 얼마나 많은 순간 주워 담을 수 없는 말실수를 하고 사는지 뻔히 보였다.

꼴 보기 싫은 상대의 자존심을 구겨 주기 위해 불필요하고 못된 한마디를 더하지는 않았는지. 그러면서 묘한 승리감에 취해 있지는 않았는지. 다른 사람들은 모를 거라고 감춰 놓았던 감정들이 얼마나 허술하게 드러났을지. 상대를 깎아내려야 자신이 돋보인다는 저급한 생각에 빠져 있지는 않았는지. 말로 상대를 제압해야 내가 똑똑한 것이라고 착각하지는 않았는지. 헤어지고 난 후 그때 이 말을 해야 했었다고 집에 돌아가는 내내 분통을 터뜨리지는 않았는지 말이다.

머릿속에서 '나'의 이미지를 더 크게 만든다고 내가 커지지는 않는다. 좋은 이미지를 만든다고 해서 좋은 사람이 되는 것도 아니다.

본질의 '나'와 평범한 일상 중의 '나'는 다르다.

전쟁이나 죽음, 극적인 고통의 상황에 부딪힐 때 비로소 자신의 실체를 제대로 인식할 수 있다. 그런 경우 나 자신이 어떤 사람인지 극명하게 드러난다. 평소 두드러지지 않는 본질의 '나'는 사회를 살아가는 현상 중의 '나'로 나타난다. 특히 긴장하고 불편한 상태에서 잘 드러난다.

우리는 생각보다 자신을 잘 알지 못한다. 그저 자신을 조금씩 인식해 갈 뿐이다. 말을 들여다봐야 하는 이유다. 자신을 이해하고 다른 사람들에게 품위를 잃지 않기 위해 할 수 있는 최소한의 나침판 역할을 해 주기 때문이다.

그는 대통령이 될 기회를 잃었다. 물론 생방송 TV 토론이 당선을 결정짓지는 않는다. 그날의 사건 때문에 낙선했다고도 할 수 없다. 그러나 그날 대통령이 될 수 있는 가능성을 잃었다. 스스로 확실하게 날려 버렸다.

편안하고 좋은 상태에서는 말실수가 적다. 하지만 우리에게 늘 편안하고 좋은 상황이 벌어지지는 않는다. 부정적인 감정의 소용돌이에 휩쓸려 나 스스로를 갉아먹고 있지는 않은지, 무심결에 누군가의 가슴을 할퀸 내 말의 흔적이 영영 사라지지 않을까 두렵다. 내 입에서 나오는 말을 들여다보는 것만으로도 내 안에 있는 X맨을 찾을 수 있다.

그를 보며 고민하지 않을 수 없었다.
난 나 때문에 매일 어떤 기회를 날려 버리고 있는지 말이다.

사랑
하다

크로아티아 아드리아해 북부에 있는 항구 도시 자다르(Zadar)에는 바다 오르간이 있다. 코발트빛 바다로 향하는 돌계단에 구멍이 뚫려 있다. 수평선과 마주하도록 나지막이 놓인 돌계단 안에는 75m 길이의 파이프 35개가 숨겨져 있다. 잔잔한 파도를 따라 물결이 일렁이며 파이프에 닿는다. 순차적으로 파도를 만난 파이프는 제각기 다른 소리를 낸다. 저음의 투명하고 부드러운 소리가 꼭 고래 우는 소리 같다. 물론 고래의 울음소리를 들어본 적은 없다. 어릴 적부터 뱃고동 소리가 고래 우는 소리를 닮았을 거라 막연한 추측을 하곤 했었다.

돌계단에 앉아 눈앞에 펼쳐진 바다를 응시했다. 수면 위로 쏟아지는 태양의 잔여물들은 다이아몬드처럼 반짝이고 있었다. 지그시 눈을 감았다. 물의 내음은 바람을 타고 바다를 훑으며 내게 왔다. 파도가 들려주는 바다 오르간의 노래는 태어나기 전 엄마의 자궁

안에서나 들었을 법한 소리다.

국경 없는 의사회 프랑스 지부 소속의 친구들과 함께 터키에서 슬로베니아로 이동 중이다. 휴식과 충전을 위해 이곳에 잠시 멈췄다. 난민 캠프 현장의 실태를 점검하기 위해 터키와 맞닿은 시리아 국경에서부터 세르비아와 보스니아를 거쳐 이곳에 왔다. 3,000km에 가까운 거리이다.

대학 새내기 티를 조금 벗어날 무렵, 프랑스 파리에서 프로방스로 가는 테제베(TGV)에서 우리는 우연히 만났다. 기차 옆자리에 앉아 맺은 인연으로 당시 의대를 다니던 그들을 통해 국경 없는 의사회를 알게 되었다. 인종, 계급, 성별, 정치 성향, 종교와 관계없이 전쟁, 질병, 기아, 재해, 재난 등에서 생명을 살리기 위해 도움이 필요한 긴급 현장에 투입된다고 한다. 프랑스 적십자 소속 의사와 언론인들로부터 시작된 단체라 같은 프랑스인이라는 자부심이 대단했다.

생전 처음 듣는 그들의 이야기는 문화적 충격 요소가 넘쳐났다. 놀라움에 시종일관 입을 다물 수가 없었다. 사회가 요구하는 획일화된 성공적인 목표에 인생을 올인하는 우리나라 대학의 현실과 너무나 달랐다. 들으면 들을수록 이해가 되지 않았다. 그중 한 명은 아버지가 국경 없는 의사회 활동을 하시다가 돌아가셨다고 했다. 얼빠진 표정으로 듣고 있던 나는 머뭇거리면서도 묻지 않을 수 없었다.

"의사로서 가질 수 있는 모든 것. 부, 명예, 권력, 안정, 가정. 다 누리면서도 얼마든지 후원할 수 있잖아. 아버지도 돌아가셨잖아! 그렇게 위험하잖아! 근데 왜 굳이 그렇게까지 해야 해? 죽을 수도 있잖아! 다쳐서 불구가 될 수도 있잖아!"

말을 하면서도 점점 흥분 게이지가 올라가는 것을 느낄 수 있었다. 동공은 점점 커지고 언성이 높아졌다. 마지막 말은 거의 소리치다시피 했다. 친구는 파란 하늘에 뜬 뭉게구름보다 가벼운 표정으로 웃고 있었다. 평온한 길거리를 걷다가 따뜻한 아침 인사를 건네듯 너무 쉽게 답했다.

"Nevertheless I do."
그럼에도 불구하고 하는 거야.

내 가슴에 박힌 세상에서 가장 아름다운 한마디.
'그럼에도 불구하고 하는 거야.'
사랑한다는 말보다 고결한 말이 있다는 것을
알게 되었다.

멋진 녀석들이다. 너희들이 부르면 주저 없이 달려가겠다고 했다. 그리고 그들은 생각보다 자주 나를 불렀다. 내 전공과 경력의 범위 안에서 할 수 있는 보건 홍보와 직원 교육에 필요한 도움을 요청했다. 그들처럼 대단한 사명감이 있었던 것도 아니다. 지금 돌이켜 보면 그들의 현장은 내게 일종의 도피처였다.

특별히 하고 싶은 것도 없던 터였다. 끝없이 쳇바퀴를 굴리며 다음 목표치를 달성해야 하는 무한 루프의 삶을 살아야 한다는 절망감에 빠져 있을 때였다. 무언가를 위해 계속 내 몸은 움직이고 있지만 무엇을 위해 이렇게 살아야 하는지 의미를 찾지 못하고 있었다. 나는 10대부터 종종 내가 살아갈 삶, 중년과 노년, 그리고 죽어서 관 속에 들어가는 과정을 상상해 보곤 했었다. 그 뻔한 그림은 더 깊은 무기력감과 허탈함을 안겨 주었다. 세상을 바라보는 나의 시선은 지극히 염세주의적이고 허무주의적이었다.

그래서였을까. 극한 상황에 놓이면 완전한 현재를 살아가게 된다. 확실한 목적의식은 기존의 잡념에서 벗어나 지금에 있게 한다. 복잡한 것은 단순해지고 흐리멍덩한 것은 분명해진다. 심장이 다시 뛴다. 잡념 소리 대신 심장 소리가 들린다. 자신보다 더 큰 대의를 위해 희생하는 친구들에게 보탬이 된다면 어쩜 그것은 내가 살아서 할 수 있는 가장 의미 있는 일이 아닐까 싶은 생각도 들었다. 그것이 그들이 부르면 내가 달려갔던 이유였다.

연신 찰칵대는 카메라 셔터 소리는 과거로 돌아갔던 나를 소환했다. 석양이 드리우고 있었다. 뒤를 돌아보니 연인들과 관광객들이 '태양의 인사' 위에 발을 가지런히 모으고 모여 있다. 바다 오르간 뒤쪽에 있는 이것은 지름 22m의 둥근 태양 전지판이다. 낮 동안 빛을 모아 두었다가 해가 지고 나면 빛을 발하기 시작한다. 마치 태양에 작별 인사를 하는 것처럼 말이다. 수면 아래로 하나의 태양이 지고 나면, 지면 위로 또 다른 태양이 뜬다.

태양이 수면과 가까워질수록 사람들의 실루엣은 명확해졌다. 입 맞추고 손을 잡고 서로의 어깨에 기대어 있다. 손을 번쩍 들고 무용을 하듯 재미난 포즈를 취한다. 점프를 하고 바닥에 앉거나 눕는 사람도 있었다. '태양의 인사'가 반사하는 빛은 석양과 바다를 한데 섞어 마치 바다 위를 걸어 다니는 듯한 착시를 일으켰다.

검은 실루엣들의 움직임을 보고 있자니 『맥베스(Macbeth)』의 한 장면이 떠올랐다. 맥베스가 아내가 죽었다는 사실을 알고 읊는 이 대사는 시로 읽히기도 한다.

꺼져라 꺼져라 짧은 촛불이여.
인생은 걸어 다니는 그림자일 뿐.
무대에서 잠시 동안 활개 치고 안달하다가
얼마 안 가 잊히고 마는 불쌍한 배우일 뿐.
인생은 백치가 떠드는 이야기와 같아
소리와 분노로 가득 차 있지만 결국엔 아무 의미도 없도다.

맥베스에는 기묘하고 음산한 냄새가 난다. 한창 허무의 터널을 지나고 있던 내게는 완벽한 시였다. 인생의 무상함을 빛과 어둠의 강한 대비로 나타낸다. 살아 있지만 죽은 것 같다. 우리가 달려온 3,000km 안에서 만났던 극과 극의 대비처럼. 이곳은 풍요한 아름다움이 넘쳐나지만 불과 얼마 떨어지지 않은 곳에는 참혹함이 폐허의 잔해로 남아 있다. 실체이지만 동시에 그림자인 것처럼 함께 공존하고 있다.

어둠이 저녁노을을 삼켜 버리자 무대의 막이 내린 듯 지면 위의 태양을 밟고 서 있던 마지막 연인도 사라졌다. 그걸 지켜보고 있던 우리는 누가 먼저랄 것 없이 사랑에 대한 이야기를 시작했다. 무엇이 진짜이고 무엇이 가짜인지 구분해 내는 묘안을 찾고 있었다. 삶과 죽음처럼, 빛과 그림자처럼 상반되지만 하나인 개념을 찾고 있었다. 사랑의 반대말이 무관심이나 증오라지만 반대말이 사랑의 반대 성질을 다 담지 못하는 것 같았다. 사랑은 도통 알 수 없었다. 사랑을 정의 내리기에 지쳐갈 때쯤, 명확하고 쉽고 단순한 답은 없는 걸까 하는 마음에 되물었다.

"그래서 사랑이 뭔데?"
"너 우리 사랑하잖아."

건성으로 대답하지 말라는 듯 경고성 눈빛으로 흘겨보며 나는 다시 쏘아붙였다.

"네가 그걸 어떻게 알아?"

빛과 그림자처럼 너무나 당연한 걸 묻는다는 듯 친구는 답했다.

"네가 지금 여기 있잖아."

맞다. 사랑은 모든 핑계를 넘어 그 앞에 가게 한다.

묻다

환경미화원 한 분이 길 한가운데서 빗질하며 청소하고 있었다. 뒤쪽에서 걸어오는 우리를 발견했을 리 만무하다. 실수로 쓰레기를 우리 쪽으로 쓸었다. 나와 대화를 나누며 동행하던 그녀는 바퀴벌레라도 발견한 듯 신경질 섞인 말투로 말했다.

"으악! 더러워! 저러니 평생 저 짓을 하지."

나도 거의 반사적으로 말이 튀어나왔다.

"야, 네가 더 더러워."

혹시나 그녀의 말을 들었을까 얼굴이 화끈거렸다. 고개를 숙이고 환경미화원에게 대신 사과했다. 그녀는 나름 유명한 강사다. 스스로 체화하지도 못한 주옥같은 명언들을 엮어 강의하는 강사들은 많다. 그렇다고 강사의 말이 곧 인격은 아니다.

가르치는 내용과 실제의 삶이 항상 같지는 않다. 말은 쉽지만, 그렇게 살아 내기는 결코 쉽지 않다. 머릿속에 쌓아 놓은 지식을 자신이라고 착각하는 경우가 많다. 책상에 앉아 온갖 현명한 진리를 습득한다고 위대한 사람이 되지 않는다. 고귀한 척, 깨끗한 척, 아는 척, 남과 다른 척, 잘난 척, 아닌 척, 내가 그랬다. 그래서 그런 사람은 한눈에 보인다.

우리는 참 쉽게 남들을 더럽게 취급한다. 좀 더 정확히 말하자면 자신 안에 있는 더러움으로 다른 사람들의 기분을 더럽게 한다. 뉴스 기사에 등장하는 초호화급 갑질이 아니더라도 어디서든 볼 수 있다. 식당 종업원에게 반말을 하고, 버스 기사에게 폭언을 하고, 경비원을 무시한다. 자신보다 못나 보이거나, 나이가 어리거나, 약해 보이는 사람에게 함부로 대한다. 익명이라는 가림막 뒤에 숨어 비수 같은 악플을 달고 이념과 정치 성향이 다르다는 이유로 혐오 섞인 저주를 서슴지 않는다. 출발하는 비행기를 돌려세울 힘은 없지만, 만약 그들이 비행기 안에 앉아 있던 항공사의 사장이었다면 더한 짓도 했으리라.

어린 시절 다니던 교회의 목사님은 죄는 더러운 것이라고 강조했었다. 항상 회개하고 늘 깨끗하게 해야 한다고 말씀하셨다. 그렇지 않으면 지옥에 간다고 하셨다. 나는 지옥이 끔찍하게 무서웠다. 더러우면 바로 내일 지옥에라도 떨어질 듯 안달복달했다.

초등학생인 내가 상상할 수 있는 최고의 더러움은 '똥'이었다. 그래서 똥을 싸는 나를 싫어했다. 똥이 보기 싫어 화장실에 안 가고 참기도 하고, 아예 식음을 전폐하기도 했다. 죽는 날까지 똥을 싸야 한다는 것이 슬펐다. 평생 더러움을 달고 살아야 하는데, 난 지옥에 떨어질 수밖에 없는 운명인가 싶었다.

그때는 그 아이러니를 감당하지 못했다. 우리 몸속의 배설물, 기생충, 각종 세균과 병균들, 아무리 깨끗이 세안을 해도 피부 속에 있는 모낭충을 없앨 수는 없다. 사실 그게 없으면 우리는 존재할 수 없다. 죽이고 나누고 완전히 분리할 수 없다. 내 안의 선과 악처럼 함께 사는 거다.

똥에 대한 고찰은 거기에서 멈추지 않았다. 한 번은 화장실 변기 안에 덩그러니 남겨진 나의 죄 덩어리들을 쳐다보고 있었다. 내가 생각해도 변태스럽다. 재미있는 점은 그럭저럭 봐 줄 만했다는 거다. 공중화장실에 들어갔는데 남의 죄 덩어리가 보이면 우리는 어떻게 하는가. '헉!' 못 볼 것을 본 마냥 바로 숨을 참고 고개를 돌린다. 빛과 같은 속도로 화장실 문을 닫아 버린다. 남의 똥은 더러워도 내 똥은 그리 더러워 보이지 않는다. 남의 똥 냄새는 지독해도 내 똥 냄새는 참아 줄 만하다.

최근에는 더한 장면도 목격했다. 거실 소파에 앉아 손주의 기저귀를 갈면서 행복해하는 엄마의 모습이다. 엄마는 손주의 똥 기저귀를 더러워하지 않았다. 더러워하기는커녕 잘했다고 칭찬 일색이다. 심지어 황금 똥이라며 심히 기특해한다. 어딜 봐서 황금과 똥이 연결되는가. 상극인 단어의 조합이 아닌가!

아무리 고결한 척, 깨끗한 척, 남다른 척해도 우리 모두 인간이다. 먹으면 화장실을 가고 트림을 하고 방귀를 뀐다. 몸의 순환을 위해, 건강한 몸으로 작동되기 위해 돌고 돈다. 빛깔 고운 화려한 음식을 먹어도 지저분한 설거짓거리가 나타나고 과자 하나를 먹어도 부스러기가 떨어진다. 그게 정상이다. 낮이 있으면 밤이 있는 것처럼 말이다. 우리 모두 그렇게 적당히 모순덩어리일 수밖에 없다.

더러움은 눈에 보이는 것보다 보이지 않는 것에서 더 많이 발견된다. 공기에는 미세 먼지가 섞여 있고 바다에 한 해 동안 버려지는 2,300만 톤의 플라스틱은 미세 플라스틱이 되어 우리 입으로 다시 들어온다. 우리가 매일 손에 쥐고 놓지 않는 스마트폰에는 변기보다 약 10배 많은 세균이 살고 있다고 하고, 머리빗에서 신발장보다 20배 많은 세균이 검출된다고 한다.

얼마 전 TV 채널을 이리저리 돌리다가 석영중 교수가 강연한 도스토옙스키의 『카라마조프가의 형제들』을 보게 되었다. 그중에서도 양파 한 뿌리의 일화는 지옥에 대한 도스토옙스키의 관점을 함축하고 있다.

옛날에 못되고 심술궂은 할머니가 있었다. 평생 한 번도 착한 일을 한 적이 없어서 생을 마친 할머니는 지옥의 불구덩이로 떨어졌다.

할머니의 수호천사는 지옥에 떨어진 그녀를 보고 안타까워하다가 구제할 거리를 찾기 위해 그녀의 삶을 샅샅이 뒤져 보았다. 언젠가 채소밭에서 작은 양파 하나를 캐어 거지에게 준 것을 발견하고는 하나님께 고하며 그녀를 위해 간청한다. 하나님은 양파를 가져가 그것을 잡고 올라올 수 있으면 천국으로 보내 주겠다고 한다.

천사는 할머니에게 양파 뿌리를 내밀며 잘 잡고 올라올 수 있도록 조심스레 끌어올렸다. 그러자 불구덩이에 있던 다른 죄인들이 자신도 데려가라며 할머니의 다리를 붙들었다. 할머니는 발로 그들을 쳐내며 소리를 질렀다.

"이건 내 양파야! 나를 위한 것이지 너희 것이 아니라고!"

할머니의 격한 발길질에 양파 뿌리가 끊어져 모두 다 지옥으로 다시 떨어졌다.

석영중 교수는 이 일화를 통해 행위 하나하나에 담긴 의미를 이렇게 풀어 갔다. 사람들을 발로 차기 시작한 것은 '증오'이며, 나를 구해 주는 것이지 너희를 구해 주는 것이 아니라는 말은 '단절'을 의미한다. 결국 타인과의 단절, 교만, 이기심으로 인해 모두 지옥불 속으로 되돌아갔다는 것이다.

단절은 할머니의 악을 상징한다. 사람을 발로 걷어차는 장면은 단절된 행동을 감각적으로 보여 주고 있다. 소통 없이 왕래가 없는 상태의 단절이 아니다. 나와 너를 구분하는 것이 단절이다. 나만 선택받았다는 생각은 교만이다. 지옥에서 구제받을 수 있었던 결정적 기회를 날려 버린 원인은 자신만을 아는 이기주의, 교만, 단절, 증오였다.

죄는 더러움이라는 목사님의 말씀이 다시 떠오른다. 지옥은 죄를 지은 사람들이 가는 곳이다. 이것은 나의 양파이니 나만이 천국에 갈 자격이 된다고 생각했던 할머니가 보여 주는 모습은 지옥으로 되돌아갈 수밖에 없었던 죄의 단면을 보여 주고 있다.

나와 너를 나누며 자신만이 특별하고 귀하다고 생각하는 것이, 나와 다른 생각을 가진 사람을 구분하고 미워하고 증오하는 것이, 지식과 능력으로 귀천을 나누며 등급을 매기는 것이, 가진 것이 많고 힘이 있다고 타인을 업신여기고 사람을 차별하는 것이 사람들의 기분을 더럽게 만든다면 그 더러움은 누구에게서 오는 것일까?

쓰레기는 더러운 것인가.
글쎄. 쓰레기가 깨끗하다고 말할 수는 없겠다.
하지만 무엇의 내면과 본성이 더 더러운지는 알 것 같다.

누군가의 오물을 기꺼이 받아 내고
냄새나는 길거리의 쓰레기를 치우는 것이 더러운가.
쓰레기를 치우는 사람을 보고 더럽다고 말하는 것이 더러운가.

먹다

회사를 옮긴 지 얼마 안 된 친구와 오랜만에 저녁을 먹었다. 스카우트된 회사에서 치열한 적응 기간을 보내고 있었는지 친구는 다소 피곤해 보였다. 테이블에 앉아 그간 밀린 소식을 주고받는 사이 주문한 음식이 나왔다. 수저를 들고 행복한 미소를 띠며 친구는 이렇게 말했다.

"야, 너랑 밥 먹으니까 너무 편하다."

직장 동료들이 나쁜 사람들은 아니란다. 물론 친구에게 눈에 띌 만한 잘못을 저지른 것도 아니다. 그냥 좀 어색하고 불편할 뿐이다. 우리 마음이라는 것은 알아서 적당한 거리를 찾는다. 나도 누군가에게 인사를 드리거나 초면에 접대해야 하는 경우, 식사를 함께할 때 간혹 체한다. 분명 나쁘지 않은 사람들인데 같이 밥을 먹는다는 행위는 어딘가 어색하다. 어쩌면 나도 누군가에게 의도치 않은 불편한 사람일 수 있다.

식사 시간은 곧잘 업무 시간의 연장이 되기도 하고 상대를 파악하려는 밀당의 시간이 되기도 한다. 메뉴를 고른 뒤 흐르는 정적을 피하기 위해 애써 농담거리를 찾는다. 전혀 관심 없는 상대의 관심사를 묻기도 한다. 웃기지 않는 농담에 맞장구치느라 에너지를 소비하기도 한다. 밥 먹을 때조차 서로의 노력에 부응해야 하는 것이 어찌 보면 얼마나 애달픈가.

그래서일까. 드라마 속에서 그리고 현실에서 드물지 않게 목격하는 장면. 전화기 너머 던지는 흔한 말. '응, 그래. 언제 밥 한번 먹자.' 잘 지내라는 덕담과 함께 몇 년은 훅 지나가 버린다. 사람들이 허공에 날려 보낸 약속 중에 밥 먹자는 약속이 가장 많을 것이다. 설사 밥 한번 먹자는 통화가 마지막이었을지라도 여기에 누구 하나 잘못한 사람은 없다. 먹는 행위를 한자리에서 함께한다는 것은 그만큼의 친밀함과 노력을 요구한다.

TV를 켜면 음식 먹는 장면을 어렵지 않게 볼 수 있다. 몇 채널 돌리다 보면 레스토랑 메뉴에서 볼 법한 온갖 음식들이 등장한다. 마치 살아 움직이는 음식 카탈로그 같다. 몇 년 전부터 들이닥친 먹방의 향연은 멈출 줄을 모른다. 유튜브에서 시작된 먹방은 공중파 채널까지 뒤덮어 버렸다. 음식을 매개로 각종 예능 프로그램이 생기고 지금도 늘어나고 있다. 맛집을 찾아가고 요리로 대결한다. 음식과 전혀 상관없는 프로그램에도 포상처럼 주어지는 음식이 등장한다.

인류가 존재하는 동안 우리는 이미 수천 년간 먹어 왔다. 먹는다는
것이 새로울 리 없다. 숨 쉬는 것만큼 흔하고 당연한 일이다. 그런
데 우리는 왜 갑자기 먹는 것에 이리도 집중하고 있는 걸까.

먹는다는 것은 기본적으로 채우는 행위다. 인간의 본능을 본질적
으로 충족시킨다. 인간이 타고난 다섯 가지 감각이 총동원되는 드
문 사례다. 시각으로 음식의 모양과 색감을 감상하며 후각으로 음
식이 풍기는 고유한 냄새를 만끽한다. 촉각으로 질감과 상태를 느
낄 수 있다. 입안의 세포들은 맛으로 미각을 일깨우며 청각으로 씹
히는 음식의 소리를 느낀다. 먹기는 필수 불가결하며 동시에 오감
을 충족시키는 쾌락을 선사한다. 세상에서 가장 확률 높은 소확행
인 것이다.

낯선 타인이 말없이 음식을 먹는 영상을 바라보며 무아지경에 빠
진다. 보다보다 참을 수 없는 지경에 이르면 맛집을 검색하고 영업
시간에 맞춰 찾아간다. 이름을 적고 나의 순번을 기다리며 몇 시간
의 기다림을 감내한다.

천 원짜리 음식은 천 원만큼의 만족을 주고, 만 원짜리 음식은 만
원만큼의 만족을 선사한다. 십만 원짜리의 음식도 그만큼의 보상
을 쥐여 준다. 먹는 것만큼은 나를 배신하지 않는다. 맛이 있거나
없거나 둘 중 하나다. 그래서 다시 먹든지 안 먹든지로 심플하게

구분된다.

직장에서 영혼까지 털려 가며 열심히 일해 승진의 기회를 엿보지만, 높으신 분의 인맥을 타고 누군가 멋진 낙하산을 부여잡고 내려온다. 이런 사랑은 인생에 다시없을 로맨스라 굳게 믿고 헌신을 다했건만 상대는 가차 없이 다른 사람에게 가 버린다. 몇 년을 올인해 준비한 시험인데 1,000명의 커트라인에서 1001번째가 되어 고배를 마신다. 그러나 먹는 것은 배신이 없다. 마치 확률상 불확실성이 배제된 절대 안전 지역이라고 할까.

허기를 면하려 배를 채운다. 추위를 피하고 몸을 가리기 위해 옷을 입는다. 배고픔을 달래고 몸에 온기가 돌면 슬슬 잠이 온다. 피할 수 없는 엄습이다. 인간의 생존을 위한 필수 요소 세 가지를 의식주라 한다. 그런데 왜 '의식주'라고 불렀을까. '식의주'일 수도 있고, '주식의'라 불러도 되는데 말이다.

나의 해석은 이렇다. 이 단어가 만들어진 당시의 중요한 순서대로 붙여진 것이다. 기원전 57년에 신라가 세워진 이후, 삼국 시대, 고려 시대, 조선 시대에 이르기까지 어마어마한 세월 동안 의복은 신분을 상징했다. 신라의 골품제를 예로 들면, 골품마다 각각 천의 재질, 색, 소매의 품 등 그 규정을 세세하게 구별하여 제한하였다. 우리 조상들은 고대부터 의복으로 신분의 구분을 명확히 했다. '의'는 자신의 지위와 신분을 가장 조용하면서도 요란하게 알리는 방법이었다.

자본주의 사회의 모습을 갖추기 시작한 현대 이후에는 '주'의 시대가 도래했다. 산업화가 시작된 이래 입는 것으로는 신분을 구분하기 어려워졌다. 주거의 형태와 위치 그리고 사이즈에 따라 새로운 기준이 생겨났다. 어느 지역인지, 몇 평짜리 집인지, 무슨 브랜드의 아파트인지 그래서 얼마짜리 집인지 따진다.

얼마 전에도 흥미로운 광경을 목격했다. 초등학교 놀이터에서 아이들이 '우리 집이 더 비싼 집이야'를 서로 주장하며 더 높은 신분임을 증명하고 있었다. 그들은 목청을 높여 싸우다가 스타워즈의 제다이들이 광선검을 뽑아 들 듯 스마트폰을 꺼내 들었다. 포털 검색창에서 아파트 가격의 정확도를 확인하는 치밀함을 보였다. 집값을 가지고 맞짱 뜨는 이런 비슷한 장면은 애나 어른이나 할 것 없이 심심치 않게 목도할 수 있다.

그리고 드디어 '식'의 시대가 왔다. 삶이 버거울 때 정체성이 흔들릴 때 우리는 확실한 것을 찾는다. 먹는 것만큼 확실한 것은 없다. 의식주 중에 이보다 더 쉽게 내 것으로 만들 수 있는 것이 있는가.

오감을 현재로 집중시키면서 허기를 달래고 몸을 채우는 본연의 행위다. 먹는다는 것은 완전한 현재를 살아가고 있는 모습이다. 먹음으로써 에너지를 공급하고 내 몸을 살아가게 한다. 명품 옷이 없을지라도, 버젓한 집이 없을지라도, 먹는 기쁨만큼은 누구에게나 당연한 권리처럼 주어진다. 재벌이라고 해서 하루에 열 끼를 먹을 수는 없다. 대통령이라고 해서 한 끼에 10인분을 먹을 수는 없다.

위장의 사이즈에 따라 개인별 차이는 있겠지만 '식'은 공정하다. 맛있는 음식을 입안에 넣고 씹을 때의 식감, 풍미로 서서히 채워지는 포만감이 주는 최절정의 행복은 절대 차별이 없다.

먹는다는 것은 사랑으로 내 안을 채우는 축복이다.

먹는 순간만큼은 음식을 탐닉하라.
살아 있음을 느낄 수 있는, 매일 하루 세 번 찾아오는 기회다.
먹을 때만큼은 개도 안 건드린다고 하지 않는가.
미식의 즐거움을 알 수 있는 존재는 오직 인간뿐이다.

사랑에 빠진 것처럼, 감사하고 기도하는 마음으로 먹어라.
즐겁고 행복하게 자신을 채워라.

헤아
리다

"아, 이분 말이 안 통하시네."
"뭐라고? 너 지금 말 다 했냐?"
"너라니요? 왜 반말하십니까?"

나이가 조금 더 있으신 분이 차마 더 대꾸를 하지 못하고 자리에서
일어나 버렸다. 할 말은 있지만 참는 기색이 역력했다. 목덜미의
핏대는 살을 뚫고 튀어나올 것 같았다. 꽤 두툼한 종이 뭉치는 움
켜잡은 손에 한껏 구겨져 있었다. 주먹이 올라가지 않을까 조마조
마했다. 상대를 뚫어지게 쳐다보다가 겨우 시선을 천장으로 돌리
나 싶더니 들고 있던 서류를 책상 위로 내던졌다.

"에잇, 못 해 먹겠네!"

거칠게 숨을 몰아쉬며 방 밖으로 나가 버렸다. 자리에 마주 앉아

있던 분은 크게 개의치 않아 보였다. 나를 한번 슬쩍 쳐다보더니 씁쓸한 미소를 보내고 자신의 핸드폰에 손을 가져갔다. 다소 감정이 불편해 보이긴 했지만 늘 겪는 일인 양 대수롭지 않게 받아들이는 것 같았다. 나는 잠시 쉬었다 하자고 말하며 녹화 중이던 카메라를 멈췄다. 이분을 어디서부터 찾아야 하나 싶었는데, 복도로 나오니 정수기 앞에서 물만 연신 들이켜고 있었다.

"김 서기관님! 그렇게 나가 버리시면 어떡해요."
"죄송합니다. 박사님."
"이번에 승진하셔야죠. 테스트 받으실 때 그렇게 하시면 안 됩니다."
"이 사무관 태도 보셨잖아요. 나한테 말이 안 통한다니! 순간 화가 나서 나도 모르게 그만…"

'말이 안 통한다.' 그 대목이 트리거가 된 것이다.

"누가 생각이 나셨어요?"
"어휴……"
"아드님이요?"

고위 공직자 승진 시험에는 역량 평가가 진행된다. 오지선다형 시험 방식의 한계를 보완해 생겨난 제도다. 암기식 지식 평가에서 절대 우위를 차지하는 공직자들이 많다. 그러나 머릿속의 지식은 단어로 연결된 인식일 뿐이다. 정답을 잘 맞힌다고 현장에서도 꼭 그런 건 아니다. 현장에 정답은 없다. 각자의 최선만 있을 뿐이다. 교과서의 내용과 삶의 현장이 얼마나 다른지 이미 모두가 잘 알고 있지 않은가.

실무 과정 중에는 능력의 문제보다 소통의 문제가 빈번히 발생한다. 좋든 싫든 피해 갈 수 없다. 선택 사항이 아니기 때문이다. 승진을 앞둔 고위 공직자들과 중간 관리자들은 무조건 역량 평가를 준비해야 한다. 역량 평가는 가상의 업무 문제를 제시하고 당신이라면 어떻게 해결할 것인지를 묻는다. 그리고 그 행동을 평가한다.

역량이 행동으로 어떻게 나타나는가를 보기 위한 것이기에 모든 과정을 비디오로 녹화한다. 행동 특징과 태도, 자세, 말투, 언어 습관, 표정, 눈빛까지 참가자의 모든 것을 기록하고 리뷰해 준다. 가상의 문제를 부여받은 참가자들은 처음에는 나를 의식하고 카메라를 의식한다. 그러다 10분 정도 진행이 되면 점차 상황이 익숙해지면서 자신의 모습이 드러나기 시작한다. 일을 처리하는 방식, 사람을 대하는 태도가 수면 위로 올라온다.

이 사무관은 어린 나이에 행정 고시를 패스해 5급에서 공무를 시작한 분이다. 김 서기관은 현재 4급 공무원으로 이 사무관과 나이 차가 많이 난다. 김 서기관은 역할 연기를 하는 동안 이 사무관의 태도에서 평소 아들의 못마땅했던 어떤 모습을 발견한 거다.

모의 과정을 진행하다 보면 사람마다 참지 못하는 부분이 튀어나온다. 고압적인 태도를 못 견디는 사람이 있고, 일의 진행이 느린 것을 못 견디는 사람이 있다. 상대가 말하는 도중에 끼어들기도 하고 같은 말을 불필요하게 반복하기도 한다. 애초에 역량 평가의 설정이 갈등이나 입장 차이, 풀어야 할 문제에서 시작하기에 자신도 모르게 곤두서기 마련이다. 게다가 시험에 합격해야 한다는 중압감이 더해진다.

이 나이에 시험을 봐야 한다는 사실이 서글프다는 분도 있었고, 승진에 실패하면 부처에 소문이 다 날 텐데 어떻게 고개를 들고 다니겠냐는 분도 있었다. 세상이 바뀌어 소통이 중요해진 건 알겠는데, 평생 책상에서 주어진 일만 열심히 하다가 갑자기 말을 못 한다고 다그치면 어떻게 하냐는 분도 있었다.

모의 평가가 끝나면 녹화된 비디오를 함께 돌려 본다. 타인을 대면하는 자신의 모습을 생전 처음 보는 분들이 대부분이다. 모니터 앞에 앉아 영상을 보고 멈추고 설명하기를 수십 번 반복한다. 멈춘 장면을 띄우고 설명해 드릴 때면 조심스럽게 고개를 끄덕인다. 마지막 녹화분에 대한 피드백이 끝나면 진중한 침묵이 흐른다. 낯설고 어색하지만 필요한 침묵이다. 승진을 위한 것이든 인간관계를 위한 것이든 그 속에서 자신을 다시 만난다.

과분한 감사 인사를 받았다. 몰랐던 자신을 발견했다는 분도 있었고, 재도전으로 승진한 분도 있었다. 자신이 바뀌니 아내가 달라졌다는 분도 있었고, 자주 대립하던 직장 동료와 오랜 앙금을 풀었다는 분도 있었다. 정작 가장 많이 배운 사람은 나다. 수년에 걸쳐 과정을 진행하면서 648명의 아버지를 만났다. 아버지라는 존재에 눈 뜨게 해 주신 분들이다.

직장에서의 고된 하루는 그나마 가족을 생각하며 참는다. 상사들에게 비위 맞추고 밑에서 치고 올라오는 후배들 눈치를 본다. 자녀를 키우고 부모를 부양하기 위해 견딘다. 자신들의 노후 자금과 은퇴 계획보다 자녀의 대학 등록금과 결혼 준비가 먼저다. 회사 밖에서 만나는 친구들은 아직도 건재한 것처럼 보인다. 남자로서 인생 절정기의 자신을 기억한다. 기력이 예전 같지 않고 피로를 느끼면서도 이미 정상을 찍고 내리막길로 들어섰음을 인정하기 쉽지 않다. 더 울적해지는 건 집에 돌아와서다. 가족에게서 지지와 위로를 받기는커녕 왠지 물과 기름처럼 섞이지 못하고 겉돌아 소외감이 든다.

몸에는 오랜 습관이 배어 있고 머릿속은 골치 아픈 문제로 가득하다. 세상이 빠르게 변하고 있지만 새로 배우고 자신의 것으로 만들기엔 그럴만한 정신적 여유가 없다. 혹여 더 나빠지면 어쩌나 하는 두려움에 시도조차 못 하기도 한다. 청년기 대부분의 시간을 먹고 먹히는 관계 속에서 어떻게 살아남느냐를 고민하며 버텨 왔다. 승자 독식, 약육강식의 세계였다. 먹지 않으면 먹힌다는 위기감에 길들여 왔다. 조직에서 살아남기 위해 비교하고 경쟁하며 싸워서 이겨야 하는 것이 몸에 각인된 것이다. 누군가 쓴소리를 하면 '네가 나에 대해서 뭘 알아?'라고 되받아치지 않았다. 오히려 자신을 성장시키기 위한 값진 충고로 받아들였다.

아버지들의 고압적인 태도는 스스로 그렇게 몰아붙여 왔기 때문이다. 이유를 충분히 듣지 않고 야단부터 치는 것은 과정보다 답이 중요했던 세상을 답습해 왔기 때문이다. 자기주장 하는 것을 버릇없이 대든다고 보는 것은 가족을 위해 성취해 온 자신의 삶이 부정당하는 것처럼 느끼기 때문이다.

한 발자국이라도 더 가야 하기에 앞만 보며 달렸다. 속도를 늦추거나 도태되면 어떤 일이 벌어지는지 잘 알기 때문이다. 그러기에 옆을 살피고 뒤를 돌아볼 여유도 없었고, 상대의 입장에서 생각하며 자신의 내면을 들여다볼 시간도 없었다. 빠른 문제 해결을 위해 정답을 외우고 정답만 골라내며 사지선다형 시험지 위에서 경주하듯 살아왔다. 우리는 '괜찮다'라는 말을 과분할 정도로 자주 듣고 있지만, 그들에게는 때로 멈춰도 괜찮다는 말을 아무도 해 주지 않았다.

그나마 어머니들은 전화를 붙들고 밤새 통화가 가능하신 분들이다. 스트레스가 풀릴 때까지 말을 멈추지 않는 능력의 소유자다. 카페나 식당에 모여 앉아 '어머나', '그랬구나', '어쩌니', '잘했다' 마음에 착착 붙는 리액션을 마다하지 않는다. 누군가 남편에 대한 험담을 시작하면 함께 잘근잘근 씹어 준다. 그렇게나마 해소의 통로가 존재한다. 아버지들은 그게 안 된다.

안 좋은 일은 입 밖에 잘 꺼내지 않는다. 힘든 사연들은 약점이 되어 자신을 공격하는 도구로 전락하기 십상이다. 속 얘기를 쉽사리 꺼내지 못한다. 그것이 언제 자신을 향한 화살로 돌아올지 모르기 때문이다. 힘든 일이 없는 게 아니다. 약자로 보이지 않기 위해 가슴에 묻고 아닌 척할 뿐이다.

아버지가 없었다면 내가 없었듯이, 그들이 없었다면 지금의 한국도 없었을 것이다. '이보세요, 아저씨! 세상이 달라졌다고요!'라고 외치지만 그들이 이 달라진 세상을 만든 장본인이다. 지금 우리 사회가 인격과 품격을 갖추고 관계를 들여다보고 정서를 이해하고 서로를 품어 주는 일이 너무나 당연해진 것은 그들 덕분이다. 그들이 인격과 품격을 포기하고 달려와 주었다. 불편을 토로하고 비합리를 수정하고 소통할 수 있는 기반을 만들어 주었기에 우리는 그 위에 서 있을 수 있게 되었다.

아버지. 세상에서 가장 표현력이 떨어지는 존재다.

그렇다. 말이 안 통한다. 말이 필요 없었기 때문이다. 말을 해서 통하는 문화를 가져 보지 못했다. 상명하복, 상사의 지시, 의무와 책임, 위에서 시키는 것은 잔말 말고 따라야 했다. 스스로 입을 닫을 수밖에 없었다. 그렇게 말을 잃어버렸다. 말주변이 없어서 하고 싶은 말을 어떻게 표현해야 할지 모른다. 가슴에서 뭔가 올라와도 또 다른 쓸데없는 오해를 부를까 봐 못내 삼켜 버린다.

아버지만큼 애달픈 존재가 또 있을까.
아프니까 청춘이라지만 아파도 아픈지 모르는 것이 아버지다.

아버지들의 고압적인 태도는
스스로 그렇게 몰아붙여 왔기 때문이다.
이유를 충분히 듣지 않고 야단부터 치는 것은
과정보다 답이 중요했던 세상을 답습해 왔기 때문이다.
자기주장 하는 것을 버릇없이 대든다고 보는 것은
가족을 위해 성취해 온 자신의 삶이 부정당하는 것처럼
느끼기 때문이다.

감탄
하다

초등학교 졸업식을 앞두고 있었다. 담임 선생님께 드릴 꽃과 선물을 사기 위해 친구들과 고속버스 터미널 지하상가에 들렀다. 빼곡한 상점들이 양쪽으로 길게 늘어서 있다. 꽃과 나무를 파는 가게들은 상점 끄트머리에 모여 있다. 걷다 보니 어디서부터인지 상큼발랄한 프리지어 꽃향기가 코끝에 맴돌았다.

알록달록 핀 꽃잎은 곱고 부드럽기 그지없었다. 그냥 지나칠 수 없었다. 가게마다 내놓은 꽃의 촉감과 싱싱함에 심취해 하나하나 손끝을 대어 봤다. 눈을 감고도 손끝으로 색을 느낄 수 있을 것만 같았다. 그러다 순간 움찔했다. 조화였다. 눈으로 봐서는 생화와 헷갈릴 정도로 색상과 모양이 흡사했지만, 감촉은 완전히 달랐다.

생화를 만지면 나의 체온이 전달되면서도 꽃잎의 온도와 생기가 느껴진다. 못된 고양이처럼 손톱 끝을 살짝 세우고 슬며시 누르면 느껴지는 수분감이 있다. 진짜 같은 가짜가 있다는 사실에 뭔가 제대로 속은 기분이었다. 다시 만지고 싶지 않은 이질감이다. 못 만질 것이라도 건드린 양 손끝을 털었다. 보기에는 예뻤지만, 향기 없는 가짜 꽃이다.

언제부터인가 사람들은 꽃 선물을 그다지 반기지 않는다. 받을 때 기분은 좋지만 같은 가격이라면 실용적인 것을 원한다. 나도 그렇다. 이삼일을 못 넘기고 시들어 버리는 꽃은 뭔가 허무하면서도 안타깝다. 그런데도 남녀노소 할 것 없이 봄이 오면 꽃의 아름다움에 이끌려 다닌다. 우리는 막히는 고속도로를 각오하고 새벽부터 차를 몰아 벚꽃을 보러 간다. 활짝 핀 꽃망울을 나 혼자만 놓칠세라 일정을 조정하고 휴가를 잡고 떠난다. 산수유를 보러 가고 유채꽃을 만나러 간다.

꽃은 실용적이지 못하지만, 꽃을 마주할 때면 충만한 기쁨을 느낀다. 아름다움을 넘어선 경이로움은 거부할 수 없는 절대 권력과도 같다. 대자연이 품는 생명은 고결하다. 그러기에 우리는 생존과 직접적인 연관이 없음에도 그 자체로 가치를 인정한다.

살아 있는 여린 생명을 만날 때 우리는 감탄사를 연발한다. 섬세하고 부서지기 쉽고 연약할수록 그것들을 대하는 사랑의 친밀함을 마주하게 된다. 아기들이 병아리를 처음 봤을 때를 기억하는가. 조막만 한 손을 내밀고는 혹여 망가뜨리지 않을까 힘을 빼고 조심스레 쓰다듬는다. 창문에 내려앉은 이름 모를 작은 새는 우리의 시선을 빼앗는다. 하던 일을 멈추고 순간 말없이 그것을 응시한다. 찰나 동안 숨을 죽이고 살아 움직이는 아름다움을 알아본다. 깊은 밤하늘에 박혀 빛나는 별들은 우리를 상상하게 한다. 드넓게 펼쳐진 바다를 마주할 때도 탄성이 나온다. 그것은 람보르기니 슈퍼 카를 바라보고 지르는 탄성과는 확연히 다르다.

꽃은 꽃 이상이다. 생명을 품고 있는 모든 것은 생명 그 이상이다. 말로 표현하지 못하지만 느끼고 있고, 완전히 깨닫지 못하지만 우리는 이미 알고 있다. 보이는 겉모습을 초월한 것이 있음을 감지한다. 그렇기에 수많은 예술가가 자연의 태동에 감동하고 영감을 받는다. 꽃을 바라보며 우리와 본질적으로 하나임을 알아봄으로써 궁극적인 사랑을 표현한다. 인간의 실생활에 유용함과 유용하지 않음을 넘어서 연결되어 있음을 알아본다.

눈에 보이는 형체는 필연적으로 탄생과 죽음을 맞이한다. 창조되고 파괴되고 성장하고 분해되는 세상의 이치를 벗어나는 것은 없다. 꽃도 나무도 우리도 그렇다. 얻을 때가 있으면 잃을 때가 있는 법이다. 시들지 않는 것이 좋은 것이고, 시드는 것이 나쁜 것이라는 논리도 우리가 만들어 낸 판단일 뿐이다. 실패는 나쁘고 성공은 좋은 것이라는 것도 인간이 규정한 이분법이다. 성공 안에 실패가 숨어 있고, 실패는 성공을 안고 있다.

꽃이 피고 지는 것처럼 우리도 피고 진다. 조화처럼 언제고 마냥 최고점에 고정되어 있을 수는 없다. 때가 되면 꽃 가장자리가 누렇게 시드는 것처럼 피부는 탄력을 잃고 주름이 지고 중력을 거스르지 못해 살이 처진다. 진짜 꽃은 지면서 추해진다. 생명이 다해 갈수록 사람도 늙어 추해진다. 다만 한 가지 다른 것이 있다.

보이는 겉모습이 시들어 갈 뿐이다. 늙어 가는 것이 비참해 보일지 모른다. 진짜 비참한 것은 늙어 가면서 자신의 삶을 지혜의 걸작으로 만들어 내지 못하는 사람이다. 몸은 늙어 가면서 소멸에 다다르지만, 마음과 정신은 몸이 쇠해질수록 소멸을 뛰어넘는다. 삶을 자각하는 소수만이 '나이 듦'을 위대한 예술로 승화시킨다.

꽃은 시들면서 향기를 잃어 가지만 사람의 향기는 시간이 지날수록 깊어진다. 젊은 날엔 서로 보이는 겉모습에 감탄할지 모른다. 람보르기니를 보고 지르는 탄성처럼 말이다.

시들어 가는 형상을 초월한 사람에게선 꽃보다 진한 향기가 난다. 보이는 겉모습의 '나이 듦'을 뛰어넘은 사람들은 갓 태어난 자연의 아름다움을 마주했을 때보다 더 깊은 감탄사가 나오게 한다. 꽃이 시들어감으로써 스스로 진짜임을 입증하듯이 사람도 그러하다.

사람에게도 향기가 난다.
꽃은 꽃 이상이다.
당신이 당신 이상인 것처럼.

자유
롭다

논문 제본을 위해 인쇄소에 들렀다. 인쇄할 수량을 기재하고 직원에게 파일을 넘겼다. 확인증을 받고 문을 나서는데 사장님이 부른다. 정말 10권만 할 거냐고 묻는다. 박사 논문은 보통 300권 정도 제작한다고 한다. 내게는 10권도 많다. 고개를 끄덕이고는 인쇄소 앞 카페에서 기다렸다. 누구에게도 보여 주고 싶지 않았다. 오랜 공부 끝에 아는 것이 없다는 결론에 도달한 나의 창피함이 같이 들통날 것만 같았다. 2월에 치른 졸업식에도 참석하지 않았다.

학교에 들러 몇 분에게 감사 인사를 전하고 남은 논문을 들고 집에 왔다. 책장 앞에 걸터앉아 아래 칸의 빈 구석을 찾고 있었다. 보이지 않는 곳에 쑤셔 넣을 심산이었다. 한쪽 구석에 정체 모를 빛바랜 종이 더미가 그득하다. 먼지를 조심스레 털어 내며 손때 묻은 테두리를 잡고 끌어냈다. 그간 나를 분석한 수백 페이지의 결과지였다.

내가 누구인지 알기 위해 부단히도 노력한 흔적이다. 단순한 호기심은 아니었다. 자신에 대해 알고 싶어 여러 전문가를 찾아갔고, 나에 대해 많은 것을 밝혀내고 싶어 온갖 분석 도구를 사용했다. 무의식 속에 숨겨진 욕망을 파헤치고 어릴 적 두려움도 들춰냈다. 이해되지 않는 나를 이해하고 싶었고 어떻게 살아가야 하는지 알고 싶었다.

분석이 끝난 두툼한 서류는 '이것이 당신입니다.'라고 말하고 있지만 내가 누구인가에 대한 명쾌한 답을 주지 못했다. 구석구석 파고들어 나에 대한 자료를 최대한 수집한다고 위안이 되지도 않았다. 완전한 탑을 쌓듯 정보를 모았지만 나를 완전히 설명할 수 없었다. 여전히 무언가는 설명이 되지 않았다. 가슴속 커다란 구멍도 그대로였다. 이게 다가 아니라는 막연한 결론을 내리고 온갖 물음표와 함께 책장 깊숙이 처박혔다. 그게 맞았다. 그게 다가 아니다.

나를 설명하는 개수를 늘리는 양이 아니라 질, 깊이의 문제였다. 분석 결과의 내용을 다 합쳐도 그건 내가 아니다. 나를 안다는 것은 서류에 담길 수 있는 내용이 아니다. 내 공부가 '아는 것이 없다'로 끝난 것처럼. 가진 듯이 보이는 것도, 아는 듯이 보이는 것도 일부일 뿐이다.

자유는 내 인생의 화두다. 자유롭게 살고 싶었다. 내가 원하는 시간에 원하는 것을 할 수 있는 경제적·물질적 자유까지는 아닐지라도 생각만큼은 그러고 싶었다. 물리적 한계는 당장 어쩔 수 없다

할지라도 정신적으로는 막힘없는 상태이고 싶었다.

자유를 얻기 위한 나의 방법론은 공부였다. 아는 것이 힘이라 믿었고 알수록 자유로워질 수 있다고 확신했다. 그렇지만 이상과 현실은 늘 부딪쳤고 내 안에서도 내가 나와 충돌했다. 때로는 지나치게 많은 생각에 지치기도 했고, 생각과 행동의 괴리는 더욱더 나를 괴롭게만 했다.

무언가 눈에 보이는 것을 쟁취하기 위해 인생을 낭비하고 싶지 않았다. 누가 봐도 완벽해 보이는 삶을 사는 사람들이 스스로 생을 마감하는 것을 보면 세속적인 성공이 모든 것을 보장해 주지는 않는다는 것이 자명하다. 내 것이라고 여기고 자신과 동일시하는 그 무엇, 재산을 잃거나 사람을 잃거나 평판을 잃게 되면 그것과 함께 속절없이 무너지는 사람들을 보면서 각성했다. 그러나 실상은 나도 마찬가지였다. 단지 사람들이 가지고 싶어 하는 것 중에 나는 지식을 택했을 뿐이다.

하나도 다를 바가 없다. 실제 나는 지식을 내가 굳어지고 고립되도록 사용하고 있었다. 내 생각은 유연하지 못했고 나의 지식은 삶에서 작동되지 않았다. 결과적으로 예전보다 전혀 자유롭지 못했다. 책장의 구석진 빈틈으로 들어가고 싶었다.

논문을 넣기 위해 책장의 틈을 벌렸다. 아마도 다시는 꺼내 볼 일이 없을 테다. 마지막 인사라도 하듯 논문을 펴 보았다. '연구의 한계점'이 눈에 들어온다. 논문 말미에는 결론과 더불어 연구의 한계를 반드시 서술해야 한다. 의의와 한계를 확인하는 것이 비판의 본뜻이다. 후학들은 기존에 알려진 그 한계점에서 연구를 시작한다. 그렇다면 나도 나의 한계점에서 다시 시작할 수 있지 않을까.

모든 생각은 관점을 담고 있다.
관점은 본질적으로 한계를 가진다.
한계는 일종의 범위를 나타내는 경계일 뿐,
그 자체는 상태일 따름이다.
부정적이지도 긍정적이지도 않다.

모르고 있다는 사실을 알게 된 상태는 무기력과 가능성을 동시에 품는다. 자기 생각을 바라볼 수 있다면 그 생각을 뛰어넘을 수 있다. 모른다는 것을 인정함은 한계를 자유로이 넘나들 수 있다는 말과 같은 말이다. 한계 짓는 것은 순전히 우리만이 할 수 있고, 한계를 뛰어넘는 것도 우리만이 할 수 있다. 한계는 그것을 뛰어넘을 수 없는 경계선을 의미하지 않는다. 한계 너머가 아직 규정되어 있지 않을 뿐이다.

언제 어디에서나 명확한 답을 찾고자 하는 사고방식에서 조금 자유로워졌다. 답이 있는 것보다 답이 없는 것이 대부분이라는 사실을 받아들임으로 편견에서 조금 자유로워졌다. 그럴싸한 역할을 연기하고 있는 자신을 발견하면서 자유가 시작되었다. 모른다는 사실을 받아들이면서 내가 누구인지에 더 가까워졌다. 생각이나 분석을 통해 도달한 결과물로 자신을 확정 짓는 것은 자신을 한계에 가두는 일이다.

생각으로 달성할 수 없었던 층층이 누적되어 온 복잡다단한 문제들이 단번에 녹아내렸다. 모든 것은 그대로였지만 완전히 다른 세상이다. 앞으로 어떤 내가 살아나갈지 확언할 수 없지만, 이것만은 확실하다. 이전의 나로는 돌아가지 않으리라는 것.

자유롭기 위해서는 새로운 것을 발견해야 하고,
무언가를 이해해야만 하고,
어떤 것을 성취해야만 한다고 생각했다.
자유는 편집증적인 생각을 떠나고,
필요와 요구를 내려놓고, 집착으로부터 벗어나는 것이다.
현재 상황을 인정하고 있는 그대로를 받아들이는 것이
자유의 첫 단추이다.

언제 어디에서나 명확한 답을 찾고자 하는
사고방식에서 조금 자유로워졌다.
답이 있는 것보다 답이 없는 것이 대부분이라는
사실을 받아들임으로 편견에서 조금 자유로워졌다.
그럴싸한 역할을 연기하고 있는 자신을 발견하면서
자유가 시작되었다.

만들다

유치원에 가기 전 애절하게 갖고 싶은 것이 하나 있었다. 초능력이다. 당시 즐겨 보던 만화 주인공 요술 공주 밍키는 나의 로망이었다. 흰색과 빨간색이 회오리처럼 꼬여 있는 기다란 막대 사탕 같은 요술봉. 저것만 있다면 내 인생 최고겠다 싶었다. 밍키는 영롱한 별 가루를 뿌려 대며 뭐라 알아들을 수 없는 주문을 외웠다. 그때마다 각종 직업의 성인 여성으로 파격적인 변신을 하고 문제를 척척 해결해 냈다. 요술봉이 가지고 싶어 안달이 났다.

엄마를 한참 졸랐었다. 밍키가 나올 때마다 엄마의 손목을 잡고 내 몸무게를 잔뜩 실어 텔레비전 앞으로 끌고 왔다. 요술봉을 사달라고 징징댔지만 물론 듣는 척 마는 척이었다. 엄마는 그런 마법은 만화 속에만 있을 뿐이라 했지만 나는 믿지 않았다.

직접 만들면 된다는 당돌한 생각을 해냈다. 집 안을 뒤지다가 수수깡을 발견했다. 요술봉과 비슷한 모양과 크기다. 가장 색깔이 예쁘고 흠이 없는 것을 골랐다. 흡족했다. 그날 밤 피아노 선반 위에 기다란 수수깡을 정성스럽게 올려놓았다. 두 눈 질끈 감고 손을 곱게 모으고 기도했다. 태어나 그리도 경건하고 간절한 마음을 가진 것은 그때가 처음이다.

내일 아침 눈을 뜨면 요술봉으로 변해 있을 수수깡이 기특해 보였다. 제일 먼저 누구로 변신해 볼까 하는 부푼 마음에 도통 잠이 오지 않았다. 혹시 몰라 여분의 수수깡을 준비해 놨다. 그것을 한참 쓰다듬다가 잠이 들었다. 다음 날 아침, 나는 눈을 뜨자마자 피아노 선반 위로 달려들었다. '내 요술봉!' 그러나 수수깡은 수수깡인 채로 있었다. 수수깡을 잡고 허공에 대고 마구 흔들어 보았다. 화가 났다. 기대는 순식간에 분노로 변했다. 집에 있는 모든 수수깡을 찾아 죄다 분질러 버리고도 분이 풀리지 않았다.

밍키의 주제가는 지금도 흥얼흥얼 혀끝에서 맴돈다. 불가능한 기적을 일으키는 능력이 가지고 싶었던 것일까. 모든 문제에 유연하게 대처하는 어른이 되고 싶었던 것일까. 어떤 직업으로도 세상에서 활약할 수 있다는 것이 멋져 보여서였을까. 아니면 단지 나비가 날 듯 리듬을 타고 리본을 돌리며 변신하는 모습이 예뻐 보여서였을까.

왜 그리 철석같이 믿었는지 모르겠다. 원하는 것을 생각하면 모든 것이 현실이 될 수 있다고 믿었나 보다. 수수깡이 요술봉으로 변하지 않았던 그날은 현실과 꿈의 경계를 어렴풋이 알아 가는 계기가 되었다. TV 속의 가상은 실제 삶이 아니라는 것을 가슴 아프게 배워 갔다.

요즘은 어쩔 수 없이 집에만 있어야 한다. 무료해 하는 엄마를 위해 여러 계획을 세웠다. 그중 하나로 영화를 보여 주기로 했다. 기억에 남았던 영화나 재미있게 봤던 것, 혹은 분위기가 조금 어둡지만 한 번쯤 깊게 생각하게 하는 영화 등 장르를 불문하고 추천해 주었다. 기분 전환하고 시간도 보낼 겸 편하게 보라고 말은 했지만 내심 다른 뜻이 있었다.

정신을 바짝 곤두세우고 영화를 보지 않더라도 한 편의 영화는 무언가 잔상에 남는다. 가슴을 울리는 장면이나 나도 모르게 따라 하게 되는 명대사가 한두 가지는 있기 마련이다. 알 수 없는 우주를 배경으로 하거나 전혀 낯선 풍경과 스토리일지라도 영화 속 내용은 어딘가 은밀하게 우리 삶과 맞닿아 있다. 먼 미래 속 터무니없는 설정 같아 보여도, 지금의 현실과 연결 고리가 전혀 없어 보일지라도 하나의 인생이 만나는 교차점이 존재한다.

얼핏 보고 지나가거나 무심코 고개를 끄덕이며 만났던 그 다양한 교차점들이 쌓이고 쌓여 문득 필요한 순간에 나타나지 않을까. 생각이 확장되고, 비슷한 연상이 일어나고 때로는 위로받을 수 있지 않을까. 아무리 별 볼 일 없어 보이는 사람에게도 항상 배울 점이 있듯, 별것 아닌 영화 한 편에도 자신의 인생을 향한 의미 있는 질문 한 가지쯤은 담겨 있다. 편안한 상태에서는 그런 것들이 더 잘 눈에 들어오는 법이니까.

엄마에게 잠시 멈추고 돌아볼 수 있는 교차점들을 만들어 주고 싶었다. 그날의 선정작은 베네딕트 컴버배치(Benedict Cumberbatch)가 주연으로 활약한 〈닥터 스트레인지〉라는 영화였다. 불의의 사고로 절망에 빠진 천재 외과 의사 닥터 스트레인지는 다시 메스를 잡을 수 있다는 희망을 걸고 에이션트 원을 만나러 간다. 그녀를 만나 정신적 세계에 눈을 뜨고 시공간을 넘나들 수 있는 능력과 함께 마법의 망토도 덤으로 얻는다. 부연하자면 추후 마블 영화에 등장하는 히어로들에게 정신적 지주 노릇을 한다.

영화 초반부터 엄마는 감탄사를 연발했다. 화면을 가득 뒤덮는 현란한 컴퓨터 그래픽에 눈이 휘둥그레졌다. 영상을 보랴 자막을 보랴 놀란 토끼 눈으로 영화를 좇아가기 바쁘다. 중력이 왜곡되고 물질들이 파동을 일으킨다. 유체 이탈과 염력을 사용하며 물질세계를 초월한다. 주인공이 허공에 원을 그리며 다른 차원의 시공간으로 이동하는 장면에서는 시각적 쾌감에 완전히 빠져든 듯했다. 현실 공간이 해체되고 재조합되며 맞물려 움직이는 장면을 볼 때는 미동도 하지 않았다. 들고 있던 커피 잔을 내려놓을 생각도 못 한 채 커피가 식을 때까지 내내 들고 있었다.

에이션트 원이 교만으로 꽉 찬 닥터 스트레인지에게 훈수를 두었다. 생각, 영혼, 우주에 대한 그녀의 가르침을 닥터 스트레인지는 냉소적 태도로 받아치고 있었다. 말도 안 되는 헛소리는 그만두고 빨리 내 손이나 고치라며 짜증을 냈다. 아마도 그가 가장 처음 넘어서야 하는 문은 그가 가진 고정 관념이었을 것이다.

"At the root of existence, mind and matter meet. Thoughts shape reality. This universe is only one of an infinite number… Who are you in this vast multiverse, Mr. Strange."
존재의 근원에서는 정신과 물질이 합일한다. 생각이 현실을 만든다. 이 우주는 무한한 수의 우주들 중 하나에 불과하다. 이 광대한 다중 우주에서 당신은 누구인가. 스트레인지.

화려한 비주얼이 모든 것을 씹어 먹을 것 같았지만 엄마는 영화를 보며 꽤 자주 고개를 끄덕였다. 의외로 진지했다. 그리고 가끔 혼잣말도 했다.

"그렇지. 생각이 현실을 만들지."

영화가 끝나자마자 엄마는 벌떡 일어났다. 왼손을 곧게 쭉 뻗어 포즈를 잡더니 오른손으로 허공에 원을 그리기 시작했다. 닥터 스트레인지를 흉내 내는 것이다. 나는 터져 나오는 웃음을 멈추지 못했다. 옆으로 다가가 더 크게 원을 그렸다. 나도 웃고 엄마도 웃었다.

엄마도 히어로가 되고 싶었나 보다. 어린 시절의 나처럼 말이다.

우리 가슴속에는 아직도 일곱 살 아이가 살고 있다. 때로 유치할 정도로 천진난만한 히어로물이 압도적인 흥행을 기록하는 것을 보면, 어른이 되어도 어릴 적 장난감을 가지고 놀던 향수를 다시 찾으려는 키덜트를 보면, 그리고 일흔에 가까운 나이에도 허공에 원을 그리는 엄마를 보고 있자면 우리 안에 마법을 꿈꾸는 원년의 소망이 살아 있음은 틀림없다.

영화보다 더 영화 같은 세상이다. 영화보다 애잔하고 영화보다 찬란하다. 영화 속 아찔하고 숨 막히는 장면 못지않게 극과 극을 오간다. 형언할 수 없는 아름다움에 탄성을 지르기도 하고 끔찍한 혼란에 비명을 지르기도 한다. 무수히 많은 현실의 한계를 마주하고 또 한계의 벽을 뛰어넘는다. 수십 년 전 꿈도 못 꾸었던 스마트폰을 모두 손에 쥐고 있다. 수백 년 전 상상하기도 힘들었던 하늘을 나는 꿈은 비행기로 일상이 되었다.

삶은 마법처럼 뚝딱 이루어지지 않는다. 그럼에도 닥터 스트레인지가 보여 주는 마법보다 유혹적인 것은 우리 자신이다.

무너진 건물을 원상 복구시킬 수 없지만 무너진 마음은 다시 세울 수 있다. 순식간에 변신은 못 하지만 내 관점 하나는 당장 바꿀 수 있다. 공간 이동은 못 하지만 생각으로 못 닿을 곳이 없다.

원하는 것을 당장 눈앞에 펼쳐내는 마법을 부릴 수는 없지만 꿈을 현실로 만들어 낸 사람들은 얼마나 많은가. 현실로 만들어 내는 과정에는 부단한 노력과 절망을 이겨 내는 용기가 필요하지만 그렇기에 '짠!' 하고 나타나는 마법보다 더한 감동을 주는 것이 아닐까. 생각으로 현실을 만들어 내는 우리 모두는 위대한 마법사다.

우리의 존재만큼이나 놀라운 마법이 또 있는가. 숨을 쉬고 눈으로 보고 입으로 먹으며 귀로 듣고 코로 냄새를 맡으며 온몸으로 모든 것을 느낄 수 있다. 그 자체가 마법 같은 기적이다.

엄마는 이미 나에게 히어로다.
당신이 히어로라는 사실을 모르고 있을 뿐이다.

존재하지 않았던 나를 세상 밖으로 불러냈으니
이보다 더 극적인 마법을 사용하는 히어로가 어디 있겠는가.

알 수 없는 우주를 배경으로 하거나
전혀 낯선 풍경과 스토리일지라도
영화 속 내용은 어딘가 은밀하게 우리 삶과 맞닿아 있다.
먼 미래 속 터무니없는 설정 같아 보여도
지금의 현실과 연결 고리가 전혀 없어 보일지라도
하나의 인생이 만나는 교차점이 존재한다.

넘어
서다

친한 남자 후배가 있다. 가족보다 더 가족 같은 동생이다. 가면 없이도 이야기할 수 있고 속 깊이 묻어 둔 무엇을 드러내도 부끄럽지 않은 대상이다. 자주 만날 수는 없지만 늘 곁에 있는 것 이상으로 든든한 존재다. 아낀다는 말로도 부족하다.

자정이 다 되어 가는 시간에 동생에게 전화가 왔다. 바른 생활 사나이라 평소 같으면 이미 잠들어 있을 시간이다. 신변에 이상이 생긴 걸까 덜컥 겁이 났다. 동생은 다소 흥분된 목소리에 바로 입을 떼지 못하고 주저하고 있었다. 초조해진 나는 다급하게 물었다.

"왜 그래? 무슨 일이야?"

몇 번 숨을 크게 내뱉었다. 숨을 고른 동생은 조금 전에 자신이 겪은 일에 관해 이야기했다. 인생의 반평생을 알아 온 가까운 누나가 있다고 한다. 예전에 얼핏 그녀에 대해 들었던 기억이 났다. 좀 유치하고 진부한 표현이긴 하지만 동생은 그녀를 하늘에서 내려온 천사에 비유하곤 했었다. 착하고 인정 많고 사람들을 돕고 배려하던 그녀의 이야기를 들을 때면, 나도 모르게 진짜 천사 같다는 말을 했었다.

그녀는 어린 자녀가 있음에도 이혼을 감행한다고 한다. 동생이 충격을 받은 포인트는 따로 있다. 선녀 같은 그녀가 바람을 피웠다는 거다. 남편이 용서해 주겠다고 했지만, 그녀는 화해 조정을 거부하고 먼저 이혼을 요구했다고 한다. 이혼 전문 변호사를 알아보던 중 주변 지인들의 도움을 받고자 동생에게도 연락한 모양이다.

세상 모든 사람이 이혼을 해도 그 누나는 그럴 리가 없다고 생각했단다. 전화기 너머로 들리는 동생의 목소리는 침울했고 화가 나 있었다. 말을 더듬거리면서 한 마디 한 마디 정말 어렵게 내뱉었다. 동생이 받은 충격은 그녀의 남편만큼은 아니었을지언정 그 어디쯤 비슷했던 것 같다.

"내가 얼마 전에 있었던 얘기를 해 줄게. 한번 들어 볼래?"
"응."
"얼마 전에 내가 엄마에게 한 이야기야. 너도 잘 알겠지만, 우리 부모님은 특별히 안 좋은 관계는 아니야. 너희 부모님도 그렇겠지만 우리 부모 세대 어른들이 무슨 연애를 제대로 해 보고 사랑해서 결혼한 세대는 아니잖아. 나이가 차고 때가 되면 얼굴도 몇 번 안 보고 결혼해서 바로 가정을 꾸리고 그랬지. 며칠 전에 엄마를 보는데 많이 늙으셨구나 하는 생각이 들었어. 자신의 인생이란 것 없이 살아오면서 세월 다 보냈잖아. 우리 다 키우고 나니 늙고 병든 몸뚱이 하나 남은 거지. 우리야 그래도 미팅도 해 보고 소개팅도 해 보고 별별 동아리니 모임이니 쏘다니면서 여러 사람을 만날 기회가 있었잖아. 자유롭게 연애도 하고 이별도 하고, 결혼은 해도 그만 안 해도 그만이잖아. 연애 한번 제대로 못 해 보고 대학 졸업반 때 아빠 만나서 결혼한 엄마를 보면서 내가 그랬어. '아줌마! 밖에 나가서 연애 좀 해 보시지?'라고. 도끼눈을 뜨고 미쳤냐면서 등짝 스매싱을 날리더라고."

"하……."

동생의 웃음엔 헤아림이 적당히 묻어났다.

"그들은 더 이상 말도 잘 섞지 않아. 특별히 상대가 싫어서라기보다 할 말이 없는 거지. 뭔가 나쁜 것도 없지만 딱히 좋은 것도 없이 그럭저럭 남처럼 살고 있지. 잠자리를 함께한 지도 수십 년이 지났고, 서로의 일상을 궁금해하지도 않아. 누구의 잘못이 아니야. 오랜 시간 쌓인 상처에도 그저 자식들의 입장과 체면을 생각해 이러지도 저러지도 못하고 그냥 버티기만 해 온 거지. 이혼하고 갈라서고 싶었던 순간이 왜 없었겠어. 그런데 왜 안 했겠어. 우리 때문이지."

"그렇지."

"세상 모든 엄마는 엄마이기 이전에 여자야. 세상 모든 아빠가 남자인 것처럼. 우리 부모님을 보면서 그런 생각이 들더라. 한평생 인생을 살면서 사랑의 감정을 한 번이라도 제대로 느껴 보지 못하고 죽는다면, 그것만큼 비참한 게 또 있을까? 자식이 채워 줄 수 있는 부분이 있고, 친구가 채워 줄 수 있는 부분이 있고, 이성적 존재가 채워 줄 수 있는 부분이 있다고 생각해. 자식이 효도를 하고 말이 통하는 친구가 있다고 해서 그것이 사랑을 대체할 수 있는 건 아니야. 채워지지 않는 부분이 있는 거지.

그래서 난 엄마한테 누군가에게 사랑을 받을 수 있다면 받으라고 했어. 혹여 기회가 된다면 거부하지 말고, 눈치 보지 말고, 한 번이라도 엄마가 여자인 것을 느껴 보라고. 재수가 좋다면 아직도 설레고 가슴이 뛰는 것을 느껴 볼 수도 있을 거라고. 사랑받을 자격이 있다는 것을 충분히 알았으면 좋겠다고. 뭐 꼭 이혼을 하고 졸혼을 하고 그런 게 아니라. 그냥 같이 밥을 먹고 차를 마시면서 이야기할 수 있는 대상이 있다면 만나 보라고.

그랬더니 엄마는 너나 제발 만나라고 하더라. 내가 등 떠밀어도 안 하겠지만 어쨌든 나는 그렇게 이야기했고, 아빠에게도 필요하면 똑같은 이야기를 할 거야. 도덕? 윤리? 나에겐 도덕이나 윤리보다 엄마가 훨씬 중요해. 비난과 손가락질을 받을지언정 만약 엄마가 죽기 전에 단 한 번이라도 사랑이라는 것을 해 볼 수 있다면, 난 그딴 건 개나 주라고 할 거야."

동생은 한동안 말이 없었다. 이건 이래야만 한다는 윌리 원칙을 내세우면서 살던 나의 입에서 이런 이야기를 듣게 될지는 몰랐던 것 같다.

"나는 솔직히 모르겠다. 뭐가 맞는 것인지, 뭐가 틀린 것인지. 사랑에 정답이라는 게 있을까? '이것이 사랑이다'라고 정의할 수 있을까? 아니면 '이것이 사랑이 아니다'라고 단언할 수 있을까? 명확한 기준점이 있나? 확실하게 말할 수 있는 건 이거야. 내가 엄마에게 솔직한 나의 심정을 이야기하고 난 뒤, 엄마는 뭔가 모르게 달라졌어. 그놈이 그놈이다, 칠십이 다 되어 가는데 연애 같은 소리하고 앉아 있다며 내게 핀잔을 주지만, 본인이 무슨 선택을 하게되더라도 전폭적인 지지를 해 줄 수 있는 사람이 있다는 거? 그게 내 딸이라는 거? 거기에서 오는 든든함이랄까. 자긍심이랄까. 그런 게 느껴지더라고. 남녀 관계의 속사정은 둘만이 알 수 있는 거잖아. 너의 지인이 어떤 이유로 무슨 일을 겪고 어떻게 현재를 통과하고 있는지는 모르겠지만, 최소한 너도 그녀에게 우리 엄마가 느꼈을 법한 그런 느낌을 줄 수 있지 않을까 하는 생각이 들어. 굳이 너까지 법이나 원칙, 윤리와 도덕을 앞세우지 않아도 충분히 괴롭고 힘든 상태이지 않을까?"

고르고 차분한 숨소리가 들린다. 우리가 같은 페이지에 있다는 느낌이 왔다. 내가 말하고 싶었던 여러 의미를 그는 역시 알아들었다.

근래 혼자 있는 시간은 내가 인습의 노예로 살아감을 깨닫게 했다. 반복해 학습하는 앵무새처럼 규정과 틀 안에서 무기력하게 맴돌고 있었다. 재빠르게 어른이 되고자 옳고 그름을 나누고 어느 하나를 선택하느라 나는 내 욕망을 죽이고 있었다.

욕망은 인간이 느끼는 모든 감정에 숨어 있다.
생각의 씨앗은 욕망에 맞닿아 있다.

마음을 뒤흔들며 일어나는 다채로운 감정의 정체를 우리는 알아차리기 쉽지 않다. 감정들에 너무나 무관심하고 서툴렀던 결과다. 사랑한다고 느끼고 있는 주체 안에는 사랑만 있지 않다. 누구에게도 사랑은 단일 감정이 아니다. 사랑 안에 수백 가지 감정이 같이 일어난다. 연민이나 동정을 사랑으로 착각하기도 하고 질투와 시기가 교묘히 섞여 있기도 하다. 사랑한다고 하면서 상대를 내 뜻대로 움직이려는 오만함과 폭력성도 숨어 있고 상대를 향한 소유욕과 맹신이 한데 엉켜 있기도 하다. 사랑해서 사랑하는 것인지 사랑을 위한 사랑을 하는 것인지 분간할 수 있는가.

본인 말고는 그 삶을 사는 사람이 없다. 상대의 실제 상황으로 들어가 내가 직접 겪어 보기 전까지 완벽한 이해란 불가능에 가깝다. 내 마음 안에서 일어나는 것도 제대로 식별이 안 되는 판에 남의 사정은 오죽할까. 안 그래도 상처 받을 일이 넘쳐나는 세상에 잘 알지도 못하는 일에 상처를 더할 필요가 있을까.

스스로 꿈을 찾을 수가 없어 남이 꿈꾸고 있는 것을 가져와 자신의 꿈으로 만들어 버리지는 않았는가. 마찬가지로 어떻게 느껴야 할지 몰라 사람들이 반응하는 감정을 가져와 내 감정으로 만들어 버리지는 않았는가. 지금 나를 휘감고 있는 감정 안에 무엇이 있는지를 아는 것은 내가 누구인지 알게 한다. 규정할 수 없는 것에 관해 규정하는 것을 멈추게 된다.

타인에게 교과서를 들이밀고 판단하기에 앞서 자신의 주인으로서 사유하고 자각할 수 있을 정도로 당신은 용기가 있는가.

법과 원칙, 윤리와 도덕은 중요하다. 하지만 그런 기준들 때문에 섣불리 감정을 차단하고 남들의 행동을 따라 하느라 내 욕망의 근원을 쳐다볼 기회조차 없다면, 그래서 실제 내가 느끼는 것이 무엇인지도 모른 채 욕망을 억압하며 살아간다면, 우리는 살아도 죽은 것과 마찬가지 아닐까.

본인 말고는 그 삶을 사는 사람이 없다.
상대의 실제 상황으로 들어가 내가 직접 겪어 보기 전까지
완벽한 이해란 불가능에 가깝다.
내 마음 안에서 일어나는 것도 제대로 식별이 안 되는 판에
남의 사정은 오죽할까.
안 그래도 상처 받을 일이 넘쳐나는 세상에
잘 알지도 못하는 일에 상처를 더할 필요가 있을까.

기억
하다

지인들과 대화 중에 예정에 없던 스무고개가 또다시 등장했다. 한 언니가 이야기를 하던 도중 갑자기 멈췄다. 말하려 했던 단어가 생각나지 않는 거다. '잠깐만'을 외치더니 눈을 질끈 감았다. 그냥 넘어갈 수 없다는 의지가 선연했다. 생각해 낼 수 있다는 의욕은 충만했지만 오래 버티지 못했다.

"왜 그거 있잖아."
"뭐?"
"그 뭐야. 얼마 전 호주에서 크게 산불 나서 타 죽은 동물!"
"코알라?"
"그래. 코알라."
여기서 끝이 아니다.
"근데 그 코알라보다 더 느린 동물 있잖아."
"나무늘보?"

"어. 맞아! 나무늘보!"

큰일이다. 아직 40대인데 단어가 떠오르지 않아 연상 기법을 두 계단이나 넘어야 한다. 나도 가끔 그런다. 재작년만 해도 언니들을 놀려 대곤 했지만 더 이상 그럴 처지가 아니다. 우리는 웃고 있었지만 웃는 게 웃는 게 아니었다. 굳이 말로 꺼내지 않았지만 우리는 알고 있었다. 나이가 들면서 오는 뇌세포의 노화가 이런 식으로 더 빈번히 자주 나타나게 되리라는 사실을.

기억력 감퇴 얘기가 나오니 일등으로 떠오르는 사람이 있다. 얼마 전에 학교 선배가 네 번째 결혼식을 올렸다. 청첩장을 받아 보고 곰곰이 생각해 보니 이번에 참석하면 그 선배의 결혼식에만 세 번을 가는 것이다. 첫 번째 결혼식은 아주 성대히 치렀던 기억이 난다. 두 번째 결혼식은 사람들의 눈치가 보인다는 이유로 가까운 사람들만 불러 조촐하게 진행했다. 세 번째 결혼식은 청첩장을 돌리지 않았고 양가 가족들만 모여 조용하게 예식을 치렀다고 전해 들었다. 그리고 네 번째 결혼식이다.

청첩장에 적힌 예식장의 이름을 보니 첫 번째 결혼식 못지않게 크게 치를 예정인 듯하다. 나중에 들은 이야기는 이렇다. 네 번째 결혼식을 앞둔 선배는 예식을 치르지 않으려 했다. 사람들에게 쓸데없이 욕만 먹을 것 같아 주눅이 들었기 때문이다. 가만히 생각해 보니 내 인생 내가 사는데 왜 남들 눈치를 봐야 하는지 모르겠다 싶었단다. 남에게 피해를 주거나 범죄를 저지르는 것도 아닌데, 한 번뿐인 인생 위축되어 살지 않겠다며 사방 천지에 결혼 소식을 알렸다고 한다. 그리고 이번에는 진짜 짝을 만났다는 말도 강조했다고 한다. 결국 우리는 네 번째 결혼식장에 모두 모였다.

"그래도 저 표정 봐라. 얼마나 행복해 보이냐. 지가 좋으면 된 거지."
"진정한 능력자야. 한 번도 못 해 보고 죽는 사람도 있는데 네 번이나 장가가지 않냐."
"결혼 한 번 못 해 보는 것보다 실패해도 여러 번 해 보는 게 좋은 걸까? 왜 해도 후회, 안 해도 후회라면 해 보고 후회하는 게 낫다는 얘기도 있잖아."

우리 중 제일 나이 많은 선배가 조용히 이야기를 듣고 있다가 입을 열었다.

"아니. 망각한 거지. 자신의 결혼 생활이 얼마나 괴로웠고 지난 이혼 과정이 얼마나 구차했는지 벌써 까먹은 거지. 망각했기 때문에 네 번이나 할 수 있는 거야. 난 기억력의 문제라고 봐. 아마 신혼여행 다녀오면 다시 기억이 스멀스멀 나기 시작할 거야. 불쌍한 녀석."

뭔가 기분이 섬뜩했다. 망각했기 때문에 이 굴레에 스스로 기어들어 오게 된 거라니. 망각을 신의 선물이라 했던가. 태어나면서부터 죽는 날까지 겪는 일들은 가히 무궁무진하다. 게다가 나이가 들어 갈수록 활동의 범주가 넓어지면서 일과 인간관계는 월등히 복잡 미묘해진다. 나는 지나온 일들을 다 기억하고 있는지 되짚어 봤다. 아무튼 멋들어진 턱시도를 입고 뿜어 나오는 웃음을 주체 못 하는 선배를 보고 있자니 그는 그 선물을 넙죽넙죽 잘도 받아 쓰는 듯하다.

니체는 망각이란 신이 인간에게 내려 준 가장 큰 선물이라 했다. 배신의 상처에 주저앉고 실연의 아픔에 빠지고 불행과 고통에 괴로워하는 자들에게 망각만 한 선물이 또 있을까. 슬픔과 좌절에 갇히고 억울함에 치이고 분노와 증오에 잠식당한 사람들에게 망각은 축복일지 모른다. 영화 속에서도 악한 주인공이 불의의 사고로 기억을 잃고 새 삶을 시작하는 것을 종종 볼 수 있다. 트라우마를 걸어 낸 깨끗한 도화지처럼 순수해진다. 같은 사람이지만 전혀 다른 사람이다.

아픔은 단 한 명의 예외도 없이 누구에게나 찾아온다. 가진 것이 많다고 피해 갈 수 있는 것도 아니고 경험과 나이가 많다고 덜 아픈 것도 아니다. 다만 끌어안거나 흘려보내는 방법을 터득할 뿐이다. 때로는 방에 처박히기도 하고 때로는 자다가도 벌떡 깨 눈물이 터져 나와 밤을 부둥켜안고 절규하기도 한다. 괴롭고 힘들어 살아갈 의욕조차 잃기도 하지만 그게 언제까지고 계속되지는 않는다. 서서히 희미해지고 옅어지면서 또 언제 그랬냐는 듯 살아갈 수 있게 한다. 쉽지는 않다. 그럼에도 어떤 일을 겪고도 사람은 또 살아간다. 나의 이야기이고 당신의 이야기이고 우리의 이야기이다.

견디기 어려운 일을 기억한다는 것은 저주일지 모른다. 끔찍한 아픔을 잊지 못하고 사는 것만큼 고통스러운 일은 없을 거다. 그렇지만 어느 순간, 잊고 싶지 않은 순간마저도 망각하고 만다.

망각이 슬픔과 고통만 가져가는 것은 아니다.

나는 선배가 어떻게 사랑에 빠지고 얼마큼 행복했는지 기억한다. 낭만 어린 캠퍼스의 어느 봄날, 선배는 그녀를 보고 첫눈에 반해버렸다. 학교 과제를 할 때와는 비교할 수 없는 집중력으로 그녀와 친해질 궁리를 했다. 그녀의 취향과 관심사를 찾기 위해 수단과 방법을 가리지 않았다. 그녀와 처음 대화를 나눈 날, 전쟁에서 승리하고 돌아온 장군의 기백으로 강의실 문을 박차고 들어와 기쁨의 함성을 지르던 모습도 눈에 선하다. 기어이 겨울이 되어서야 찬 바람 매섭게 부는 겨울 바다를 보러 가 어쭙잖은 고백을 했던 것도 기억한다. 로맨틱한 프러포즈를 준비하려고 여자 후배들을 모조리 찾아가 어떤 청혼을 받고 싶냐 캐묻기도 했다. 애초에 그 기억을 망각하지 않았다면 지금도 그녀와 함께 있지 않을까.

새로운 삶을 다시 시작한다는 것, 새로운 사랑을 다시 만난다는 것, 떠오르는 태양을 보며 새로운 하루를 시작할 수 있다는 것 또한 망각이 주는 선물일지도 모른다.

하지만 세상엔 잊으면 안 되는 일도 있다.
그래서일까. 너무 소중해서, 너무 간절해서,
혹은 너무 아파도 절대 잊고 싶지 않을 때 하는 말이
'기억할게'일지도 모르겠다.

아픔은 단 한 명의 예외도 없이 누구에게나 찾아온다.
가진 것이 많다고 피해 갈 수 있는 것도 아니고
경험과 나이가 많다고 덜 아픈 것도 아니다.
괴롭고 힘들어 살아갈 의욕조차 잃기도 하지만
그게 언제까지고 계속되지는 않는다.
서서히 희미해지고 옅어지면서
또 언제 그랬냐는 듯 살아갈 수 있게 한다.
쉽지는 않다.
그럼에도 어떤 일을 겪고도 사람은 또 살아간다.

귀하다

나는 양파가 싫었다. 눈물을 뿜어 나오게 하는 매운 양파. 사과인 척하는 모양도 싫었고 냄새도 싫었다. 무엇보다 결정적인 계기는 엄마가 제공했다.

학교에서 돌아와 동생과 TV 앞에 나란히 앉았다. 채널을 고정하고 〈모래요정 바람돌이〉가 시작하기를 기다렸다. 오프닝을 알리는 노래 반주가 울려 퍼지자 우리는 벌떡 일어나 목청 높여 주제가를 따라 불렀다. 두 주먹을 살며시 쥐고 앞뒤로 흔들어 가며 리듬을 탔다. 서로의 얼굴을 마주하고 오늘의 만화 내용을 기대하며 겸허한 의식을 치르고 있었다. 이 노래를 기억하는 사람이 있다면 내가 당신과 깊은 유대감을 느끼고 있다고 꼭 말해 주고 싶다.

카피카피룸룸 카피카피룸룸
일어나요 바람돌이 모래의 요정

이리 와서 들어봐요 우리의 요정
우주선을 태워 줘요 공주도 되고 싶어요
어서 빨리 들어줘요 우리의 소원

내 마음이 우주선을 타기 직전이다. 한 소절이 채 끝나기 전에 엄마가 부르는 소리가 들렸다. 축 처진 어깨를 끌고 터덜터덜 부엌으로 향했다. 지금 한창 요리 중이니 엄마 대신 마트에 가서 다마내기를 사 오란다. TV 앞에 꼼짝 않고 앉아 있는 동생이 세상 부러웠다. 뿌루퉁해진 나는 최대한 빨리 다녀올 요량으로 마트를 향해 뛰어갔다.

아무리 눈 씻고 찾아봐도 다마내기가 없다. 과일과 채소 앞에 쓰인 한글을 찬찬히 읽고 또 읽었다. 진열대를 세 번은 왔다 갔다 했다. 마늘도 있고 파도 있고 양배추도 있는데 다마내기는 없었다. 집에 돌아와 엄마한테 마트에서 다마내기를 안 판다고 말했다.

지금도 가끔 그날 이야기를 할 때면 엄마는 배시시 웃으면서 그 사실을 부인하고 있지만 난 그때 엄청 맞았다. 거짓말하지 말라며 다시 사 오라고 나를 내보냈다. 당연히 나는 빈손으로 돌아왔고 더 심하게 맞았다. 화가 난 엄마는 나를 마트로 끌고 갔다. 진열장으로 성큼성큼 걸어가더니 엄마는 양파를 덥석 집어 올렸다. 손에 쥔 양파를 내 코앞에 흔들면서 소리쳤다.

"다마내기 여기 있잖아!"

나는 더 크게 소리쳤다.

"그건 양파잖아!"

나는 다마네기가 어떻게 생겼는지 몰랐다. 다마네기가 양파인 줄
은 더더욱 몰랐다. 일본어를 모르고 배운 적도 없는 열 살짜리 아
이였을 뿐이다. 치밀어 오르는 분노를 억누르며 TV 앞으로 갔다.
모래요정 바람돌이는 이미 끝났고 동생은 폴짝대며 엔딩 송을 따
라 부르고 있었다. 그날 이후 난 양파를 먹지 않았다. 엄마가 해 준
음식에서 양파만 골라냈다. 열 살짜리가 할 수 있는 반항의 몸부림
이자 억울함을 호소하는 항변이었다.

며칠 후 담임 선생님은 양파 두 개를 가지고 교실에 나타나셨다.
한 번쯤 들어봤을 너무나 유명한 그 양파 실험. 한쪽 양파에는 예
쁘고 고운 좋은 말만 해 주고 다른 양파에는 미운 말, 나쁜 말만 해
줘서 경과를 지켜보는 실험이다. 미운 말 양파에 나는 혼신의 힘을
다했다. 일주일도 안 지났을 거다. 미운 말 양파는 뿌리부터 썩어
들어가기 시작했고 겉은 푸석거렸으며 새싹도 올라오지 않았다.
파릇하게 자라오르는 고운 말 양파는 뿌리도 튼튼했고 컵 안에 담
긴 물도 투명했다.

좋은 말만 듣는다고 이렇게 폭풍 성장하다니. 썩어 가는 미운 말
양파 앞에 선 나는 내 안에 무언가가 썩어 가고 있을지 모른다는 공
포를 느꼈다. 물론 그것도 잠시였다.

얼마 전 주차장에서 누군가 자신의 차 위에 음료수를 올려놓았다고 소리를 지르는 아저씨를 보았다. 예전엔 지하철 안에서 신문을 보다가 갑자기 소리치는 할아버지를 심심치 않게 보았다. 은행의 ATM 기계를 발로 차며 고함지르는 아주머니도 가끔 본다. 어쩌다 어깨를 부딪치면 잽싸게 고개를 돌려 상대를 한 대 칠 듯한 기세로 머리끝부터 발끝까지 스캔한다. 조금 더 나아가 '뭘 봐?'를 외치면서 시비가 붙고 싸움이 나기도 한다. 오른쪽 끝 차선에서는 우회전을 가로막고 있는 차량이 비킬 때까지 클랙슨을 울리는 사람도 있다. 핸드폰을 변기에 빠뜨리면 비명을 지르고 주식이 폭락하면 괴성이 터져 나온다. 올케는 결혼기념일에 아이보리색 명품 백을 선물로 받았다. 기저귀를 차고 기어 다니는 조카가 검은색 사인펜으로 한 면을 꽉 채워 색칠 공부를 했을 때, 우리 올케는 비명에서 끝나지 않았다.

나는 어떠한가. 아끼는 옷을 잘못 빨아 더 이상 입을 수 없게 되면 엄마에게 달려가 소리를 지른다. 다마내기 복수의 날을 맞은 듯, 다시 살 수도 없는데 어쩔 거냐면서 엄마의 코앞에서 옷을 흔들어 댔었다. 성적표가 나오는 날이면 머리를 쥐어 잡고 소리를 질러 댔고, 교통지옥의 한복판에 있을 때는 속으로 미친 듯이 소리를 질렀다.

한 번은 엄마가 내 차에 흠집을 냈다. 진하고 깊숙하게. 내 가슴도 같이 찢어졌다. 그날도 나는 소리를 질렀다. 불필요하게 지출되는 경비를 계산하며 투덜대고 있었다. 그러다가 문득 알게 됐다. 유독 엄마에게 소리를 잘 지른다는 것을. 평상시에 습관처럼 소리 지르던 예전의 엄마를 내가 닮아 가고 있었다는 것을. 소리를 지를수록 더 소리 지를 일이 생긴다는 것을.

며칠 후 차량을 수리하러 센터에 들렀다. 깊게 파였던 자국은 세 시간 만에 원상 복귀되었다. 다 소모품이다. 망가졌어도 고칠 수 있고, 원한다면 다시 살 수 있다. 기껏 소모품 때문에 나는 엄마의 마음에 흠집을 내고 있었다. 사람보다 생활의 편리를 위해 사람이 만들어 낸 사물이 더 중요했었던 것이다. 존재를 위한 소유가 아닌 소유를 위한 존재였다. 소모품을 위해 나를 소모하고 있음을 깨달았다.

누군가 소리를 지를 때마다 다마내기가 생각난다. 미운 말과 고함을 들으며 시커멓게 썩어 죽어 가던 양파의 형체도 세트로 떠오른다. 소리를 지른다고 문제가 해결되는 것도 아니고 발로 찬다고 알아듣는 것도 아니다. 스스로 상처 내고 남에게 상처 주고도 멀쩡하게 살아간다. 과연 그럴까. 양파 실험 결과를 보면 괜찮을 리 만무하다.

분노와 화를 조절할 수 있게 사회화된 우리는 때때로 온 세상이 듣도록 밖으로 내뱉어 버리지만, 대부분 가슴으로 삼킨다. 남을 자주 주저앉히기도 하지만 스스로를 주저앉히는 것에도 프로다. 조금만 참고 기다려 주지 못해 자신의 오장육부가 다 듣도록 소리 없는 고함을 지르지 않는가. 마음대로 되지 않을 때마다 이래서 너는 안된다며 자신을 향해 악담을 쏟아 내고 있지는 않은가.

얼마든지 돈으로 다시 살 수 있는 것들 때문에,
돈으로 살 수 없는 것을 망가뜨리고 있다.
다른 것으로 대체할 수 있는 것들 때문에,
대체할 수 없는 나를 죽이고 남을 죽어 가게 한다.

우리는 양파보다 귀하다.

선택
하다

한 살 차이지만 늘 마음 한구석에 담아 두고 있는 동생이 있다. 20년 가까이 연락만 주고받다가 오랜만에 재회했다. 그녀는 몰라보게 달라져 있었다. 밝고 쾌활했던 모습은 온데간데없었다. 가벼운 일상 얘기를 나눌 때도 자기방어적인 태도를 취했고 입 밖으로 나오는 거의 모든 말이 부정적이었다. 굳어진 습관처럼 얼굴은 생긋 웃었지만 지나가는 개도 알 만큼 불평불만이 가득했다. 이야기를 나누는 내내 입버릇처럼 수시로 등장하는 말이 하나 있었다.

"이번 생은 망한 걸로."

힘든 현실을 나타내는 자조적이고 부정적인 신조어로 '이생망'이라 줄여 부르기도 한다. 웃으면서 이생망을 외치는 모습은 정신적 자살을 자축하는 듯했다. 그녀의 뉘앙스는 '힘들어서 못 해 먹겠다. 그래서 난 포기한다.'라는 개념보다 아예 살아가는 존재 이유

자체를 부정하는 것처럼 느껴졌다. 처음에는 자기도 모르게 내뱉은 말이려니 했지만 이생망 시리즈는 끊이지 않았다. 귀에 못이 박힐 것 같은 어느 날, 왜 그리 생각하냐고 물었다. 포문이 열리기를 기다렸다는 듯 그녀는 망했다는 것을 입증하기 위한 증거를 쉬지 않고 쏟아 냈다. 자신이 얼마나 불행한지 피력하는 데 진정으로 최선을 다했다.

직장에서의 자기 위치에 불만족스러워했고 행복해 보이는 친구들을 은근히 깎아내렸다. 아무도 나를 알아주지 않고 부당하게 대우한다고 생각했다. 과거에 사람들이 한 짓과 그들이 했던 말에 분노했다. 당연히 이렇게 해 줬어야 했다는 것 혹은 이렇게 하지 말았어야 했다는 것에 격분했다. 마땅히 받을 자격이 있는데 그렇지 못함에 원망스러워했고, 자신에게 없는 것을 가진 사람들을 헐뜯고 시기 질투했다. 나는 지지리도 운이 나빴지만, 남들은 운이 좋은 것이라 치부했다. 다른 이들의 욕망을 욕망하면서도 본인이 갖지 못함에, 사람들이 자신을 더 아껴 주지 않는 것에 분개했다.

모든 원인을 남에게서 찾으며 스스로 피해자이기를 자처했고 더 큰 피해자가 되려고 발버둥 치는 듯 보였다. 상황을 더욱 나쁘게 만들고 관계를 계속 망쳐 놓고 있으면서도 전혀 자각하지 못했다. 고통에서 벗어나고 싶다고 말하면서도 고통을 유지하고 키우려 들었다. 억울함과 미움은 이미 그녀와 한 몸인 것 같았다.

관점을 바꾸어 보려 많은 시도를 했지만 소용이 없었다. 어떤 질문에도 자신의 불행함을 정당화시킬 대답이 준비되어 있었다. 궤변에 가까운 그녀의 변명은 완고하고도 깨질 수 없는 강철처럼 단단했다. 그녀는 내가 '그래. 네 인생은 망한 것 같다.'라고 동조해 줄 때까지 멈추지 않으려 작정한 사람 같았다. 이번에도 그랬다. 자랑하듯 분통함을 풀어놓고 나서 마지막은 또다시 이 말로 장식했다.

"아니야, 언니. 이번 생은 망했어."

이번 생은 망했다니. 정말 인생이 망했다고 생각하는 건가. 그래서 어쩌라는 건가. 그래서 어쩌겠다는 건가. 이번 생이 망했다면 앞으로 남은 인생은 어떻게 하겠다는 건가. 남은 평생을 세상 탓만 하며 살겠다는 건가. 어차피 망한 인생, 어떤 누구의 눈치도 보지 않고 본인이 원하는 삶을 위해 달려 나갈 용기는 있는가. 이생망을 외쳐 대면서 사람들이 그 말에 전폭적으로 공감해 주기를 바라는 건가. 아니면 괜찮다, 다 잘될 거다, 그냥 지금 이대로도 충분하다, 아무것도 하지 않아도 된다는 위로를 원하는 건가.

그래. 좋다. 위로도 받고 공감도 얻었다. 세상 가장 불행한 피해자로 인증받았다. 그래서 기분이 좋아졌는가. 그 말을 들으면 지금의 현실이 바뀌는가. 아무것도 달라지지 않는다. 빈껍데기 위로는 그때뿐이고 무분별하게 퍼붓는 공감도 오래가지 않는다. 오히려 더한 무기력을 선사하고 분노를 싹트게 할 뿐이다.

인생은 결과를 떠나서 과거에도 미래에도 늘 자신의 책임이다. 나를 둘러싼 모든 문제에 대해 남 탓하기는 너무 쉽다. 자신이 원하는 것을 주지 못한 부모를 탓하고, 제대로 지도하지 않은 선생을 탓하고, 마음에 들지 않는 환경을 탓하고, 충분히 사랑해 주지 않는 연인을 탓하고, 정의롭지 못한 세상을 탓한다. 누군가에게로 잘못을 돌리는 것은 결국 아무것도 책임지지 않는다는 말이다.

그러면 어떻게 될까? 내 맘대로 되는 것이 하나도 없으니 아무것도 하고 싶지 않다면 뭐가 남을까? 아주 쉽다. 마침내 하나가 남는다. 아무것도 변할 필요가 없는 자기 자신이 남는다. 피해자는 굳이 변할 필요가 없다. 자신이 마땅히 받아야 할 보상을 운운하며 세상을 향해 자신이 받은 상처만 소리치면 된다.

쉬지 않고 내뱉으며 가슴속 뭉친 응어리를 다 털어 냈다고 생각했는지 동생은 나의 침묵을 견디지 못하고 슬며시 물었다.

"언니. 나한테 괜찮다고 말해 주면 안 돼?"

괜찮긴 뭐가 괜찮은가. 망한 상태의 인생에 있기로 선택한 섯이 어떻게 괜찮은 일인가. 나의 인생은 나의 책임이다. 그것이 흙이든 금이든 한 번뿐인 인생이다. 원하던 것이든 아니든, 행복하든 불행하든, 공정하든 아니든, 좋든 싫든, 성공하든 실패하든 간에 내 것이다.

나의 문제는 나의 탓이다. 선택은 내가 했다. 내가 한 말이고 내가 한 행동이다. 화도 내가 냈고 포기한 것도 나다. 자신을 하찮게 대한 것도 나고 세상과 적당히 타협한 것도 나다. 떠밀려서 한 선택이든 자발적으로 한 선택이든 결국 내가 선택한 결과들이다. 남 탓에서 벗어나지 않는 한, 나의 문제는 절대로 해결되지 않는다. 그것이 현실이다.

운전대를 잡고 작정하고 가드레일을 박았다고 치자. 일부러 차를 망가트리려고 마음을 먹은 것이다. 차가 부서진 것은 당연히 당신의 책임이며, 차를 위험하게 사용했다는 비난을 받아도 마땅하다. 이번엔 운전하고 있는데 갑자기 차가 망가져 멈추었다고 해 보자. 이 망가진 자동차도 당신의 책임이다. 안전하게 운전하고 부숴 버릴 의도도 없었기에 비난은 면할 수 있어도 멈춰 선 차에 대한 책임은 당신에게 있다. 왜? 그 차는 당신의 차니까. 도로 한복판에 멈춰 선 차를 그대로 두고 오는 사람은 아무도 없다. 인생도 그렇다. 당신의 잘못이 아니라 할지라도 책임을 져야 한다. 한 번뿐인 당신의 인생이니까.

인생을 책임진다는 건 내 삶의 주인이 되는 것이다. 남 탓하지 않고 그렇다고 내 탓이라 스스로 시궁창에 빠지지 않고 있는 그대로 직시하는 것이다. 인생을 더 나은 방향으로 단 한 걸음이라도 내디딜 수 있다. 어제보다 나은 인생으로 바꿔 갈 수 있다.

인생을 지배하는 것은 우리 자신이다.
인생을 남이 지배하게 하는 것도 우리 자신이다.

세상은 누구에게나 가혹하다. 특별한 누군가에게만 벌어지는 일이 아니다. 세상이 나한테만 가혹하다는 생각이 든다면 내가 무슨 짓을 하고 있는지 돌아봐야 한다. 단 한 걸음을 새롭게 걸어가기 위해 어떻게 생각을 바꾸고 무슨 선택을 해야 하는지 고민해야 한다. 노력한다고 해서 자신이 얻고자 하는 것을 반드시 얻는다는 보장도 없다. 혹은 아무것도 얻지 못할 수도 있다. 노력이 성공을 보장하지는 않는다. 하지만 마음대로 되지 않는다는 이유로 아무 노력도 하지 않고 그대로 주저앉아 버린다면 정말 아무것도 변하지 않는다. 살아 숨 쉬는 화석이 될 뿐이다.

삶을 조금이라도 바꾸고 싶다면 노력해야 한다. 꼭 죽을 것 같이 고생하며 피땀 흘려 혼신의 힘을 쏟는 그런 노력만 노력이 아니다. 꾸준히 시도할 수 있는 아주 작은 노력이면 충분하다. 쓰레기통을 비우지 않는다면 그 쓰레기는 평생 그 자리에 그대로 있을 것이다. 깨끗한 방을 원한다면 쓰레기통에 든 쓰레기를 갖다 버리는 행위의 노력을 해야 한다.

아무것도 하지 않고 가만히 있는 것으로 치유가 되고 위로가 된다면 그것도 좋다. 나도 정신 줄 놓고 좀비처럼 꽤 누워 있었다. 하지만 아무것도 안 하면 필연적으로 아무것도 얻을 수 없다. 필요한 심리적 시간과 물리적 공백을 충분히 가졌다면 자신을 위해 일어나야 한다.

생은 어쨌든 한 명도 예외 없이 동일하게 한 번뿐이다. 한번 지나

143

간 날들은 되돌아오지 않으며 되돌아갈 수도 없다. 지금 시간을 붙들 수도 없고 붙잡혀지지도 않는다. 스물한 살의 5월도 한 번뿐이고, 서른여덟 살의 11월도 한 번뿐이다. 마흔여섯 살의 3월도 한 번이고 쉰아홉 살의 7월도 한 번뿐이다. 아니, 재수가 없다면 그날은 안 올지도 모른다. 죽는 날은 아무도 모르니까.

아이스크림 스푼으로 살짝 나를 떠다가 내가 원하는 환경이나 바라는 상태로 옮겨 줄 수 있는 사람은 없다. 다만 지금 내가 생각 하나, 기분 하나, 행동 하나, 선택 하나 바꾸는 것에서 시작할 수 있다.

삶의 결과인 지금의 나를 만든 것은 언제나 나 자신이다.
내 마음에 들지 않더라도 이게 삶이라는 것을 알아야 한다.

작은 것 하나 바꿀 수 있음에도 가만히 있다가 생을 마감한다면 그만한 낭비가 또 있을까. 앞으로 변화될 수 있는 가능성을 스스로 내던진다면 그보다 안타까운 일이 또 있을까. 자신에게 어떤 잠재력이 숨겨져 있는지도 모르고 살다가 죽는다면 그만큼 억울한 일이 또 있을까. 다른 건 몰라도 남도 아닌 자신을 위해 최선을 다해 보지 못한다면 그보다 슬픈 일이 있을까. 그래서 나는 괜찮지 않다.

그녀는 지금도 망한 채로 살고 있다.
본인의 말 그대로.

노력한다고 해서 자신이 얻고자 하는 것을 반드시 얻는다는 보장도 없다.
혹은 아무것도 얻지 못할 수도 있다.
노력이 성공을 보장하지는 않는다.
하지만 마음대로 되지 않는다는 이유로 아무 노력도 하지 않고
그대로 주저앉아 버린다면 정말 아무것도 변하지 않는다.
살아 숨 쉬는 화석이 될 뿐이다.

인생을 지배하는 것은 우리 자신이다.
인생을 남이 지배하게 하는 것도 우리 자신이다.

맞추다

공항 입국장이다. 반투명의 자동문이 열리자 일행을 기다리는 빼곡한 인파들이 눈에 들어온다. 카트를 밀며 두리번거리는데 웅성거리는 소음 사이에서 익숙한 목소리가 들린다.

"고모다!"

조카가 망부석처럼 우뚝 서 있는 어른들의 다리 틈을 가르고 나타났다. 최대한 넓은 보폭으로 폴짝폴짝 뛰어온다. '아, 내 생애 저렇게 해맑은 얼굴로 두 팔 벌리며 달려와 안기는 존재가 또 있었던가.' 부모님과 함께 입국했지만, 조카 눈에는 나만 보인다. 남동생은 놀리듯이 묻는다.

"누나는 좋겠네. 비결이 뭐야?"
"마음과 뜻과 최선을 다해 놀아 주잖아. 성경 말씀 중에 내가 유일하게 실천한 거지."

"하하하. 아들! 할아버지 할머니한테도 인사드려야지."

내게 매달려 떨어지지 않는 조카를 보며 동생이 한마디 한다. 그제
야 할아버지를 발견한 조카는 쭈뼛거리며 어색한 인사를 했다. 할
아버지는 허리를 굽히고 손주의 머리를 연신 쓰다듬으며 이렇게
물었다.

"사랑하는 우리 손주. 많이 컸네. 할아버지 보고 싶었어?"

"네에…"

유치원생보다 생글생글 웃고 있는 할아버지를 말뚱히 쳐다보다가
마지못해 대답한다. 조카는 할아버지가 자신을 예뻐해 주지만 뉴
스를 보는 것보다 자신에게 관심이 없다는 걸 잘 안다. 조카의 눈
에 비친 할아버지는 자신과 같이한 대부분의 시간 동안 TV를 보고
있었던 탓이다. 할아버지가 자신을 사랑하고 있음에 격하게 동의
하지 못하고 있었다.

"할아버지가 보고 싶었다고? 정말?"

기대에 찬 눈빛으로 자신을 바라보는 할아버지의 물음에 폭풍 갈
등 중이었다. 잠시 동안 거짓말과 참말의 경계에서 다섯 살짜리 조
카의 얼굴엔 고심이 깊어졌다. 슬금슬금 할아버지의 표정을 살펴
보다가 아까 전보다 조금 더 분명해진 목소리로 대답한다.

"네, 보고 싶었어요!"
"그랬구나. 할아버지도 많이 보고 싶었어요. 하하하."

조카는 똘망똘망한 눈으로 할아버지와 눈을 마주치며 대답했다. 할아버지는 흡족해하며 큰 소리로 웃었다. 얼굴로도 마음으로도 몸으로도 웃었다. 하나님이 천지를 창조하고 세상을 바라보며 '보기에 심히 좋았더라.'라고 표현하셨을 때, 하나님의 표정이 분명 저러했으리라. 아이처럼 좋아하는 할아버지를 보며 조카도 따라 웃기 시작했다. 조카는 자신보다 커다란 어른의 마음을 살피며 맞춰 주었다.

자신의 감정에 솔직하지 않은 것은 가증스러운 것이라고 생각했었다. 자신에게 그런 것처럼 남에게도 솔직해야 한다고 믿었다. 싫은 것은 싫다고 말하고 좋은 것은 좋다고 말하는 것이 오해를 줄일 수 있다고 확신했다. 그리고 상대가 듣고 싶어 하는 말, 듣기 좋은 말을 하려 굳이 없는 말을 만들 필요는 없다고 생각했다. 허례허식은 진실하지 못할 뿐 아니라 그런 겉치레는 나와 상대에게 무례한 것이라 여겼었다. 되도록 직설적이고 사실대로 말하는 것이 서로에게 도움이 된다고 믿었다. 하지만 다섯 살 조카에게 한 수 크게 배웠다.

고작 다섯 살 된 아이는 누군가에게 배우지 않고도 공감을 하고 있었다. 저 사람은 지금 어떤 마음일까, 내가 저 사람이라면 어떤 말을 듣고 싶을까 헤아린 것이다. 조카는 할아버지의 마음을 읽었다. 자신의 대답이 상대를 기쁘게도 슬프게도 할 수 있음을 감지했다.

진심이 무엇인지도 알고 있었고, 상대가 원하는 바람도 알고 있었다. 허리를 굽히고 시선을 맞춰 준 것은 할아버지였지만 마음의 눈높이를 맞춰 준 것은 조카였다. 진심이라는 것을 우리는 본능적으로 느낀다. 자신의 진심도, 상대의 진심도 알고 있다. 다만 그 진심이 자신에게 상처를 줄까 봐 모르는 척할 뿐이다. 상대에게 상처를 주지 않을까 에둘러 아닌 척할 뿐이다. 마음에 꼭 맞지 않는다 해서 드러내 놓고 티를 낼 필요는 없다. '이건 이거야.'라고 애써 규정지으며 남과 나를 나눌 필요도 없다. 누군가에게 공감하고 맞춰 준다는 것이 나의 생각이나 느낌을 깡그리 무시하고 포기하는 것도 아니다. 무조건 상대방의 감정을 다 받아 줘야 하는 것도 아니다. 그저 '지금 마음이 어때?' 하고 물어보면 된다. 내 생각이나 느낌은 잠시 내려놓고.

솔직하게 드러내는 것이 항상 옳은 것은 아니라는 생각이 들었다. 솔직함의 반대말이 꼭 거짓은 아니다. 자신의 감정을 숨김없이 드러내지 않는다고 그것이 항상 부패하고 부조리한 것도 아니다. 불필요한 상처를 줄이는 방법으로 우리는 알게 모르게 솔직함을 숨기기도 한다. 조카는 안 그래도 여기저기 상처의 흔적이 남겨신 노년의 한 남자를 불행하거나 외롭지 않게 했다.

'즐거워하는 자들로 즐거워하고, 우는 자들로 함께 울라.'
로마서 12장 15절의 말씀이다. 어느 사이엔가 매서운 심판자가 되어 사사건건 모든 일을 판단하려는 나보다, 조카는 예수를 더 닮아 있는 듯했다.

바로 며칠 후의 일이다. 혼자 엘리베이터를 타고 내려가고 있었다. 중간에 멈춰 선 엘리베이터 문이 열렸다. 50대로 보이는 중년 여성들이 탔다. 좁은 엘리베이터는 순식간에 꽉 찼다. 자녀들에 관한 이야기를 한참 나누고 있었던 모양이다. 그들은 서로의 얼굴을 보면서 이야기할 수 있도록 비좁은 공간에서 나름대로 위치를 잡았다. 그중 누군가 바둑 천재 이세돌을 이긴 알파고 이야기를 꺼냈다. 순식간에 그 좁은 공간이 이세돌로 가득 찼다. 이세돌이 얼마나 똑똑한지, 이세돌을 이긴 알파고가 얼마나 대단한지 예찬의 대화는 끊이지 않았다. 중년 여성들은 감탄을 연발하며 급격히 목소리가 높아졌다. 그러다가 한 분이 더 큰 목소리로 이렇게 말했다.

"야, 그 알파고 어디냐? 우리 딸 거기 보내야겠다."

순간 나는 웃음을 뿜을 뻔했다. 반사적으로 그리고 필사적으로 고개를 푹 숙였다. 표정 관리를 하기 위해 애써 웃음을 참았다. 무표정한 척 입을 꾹 다물고 있었다. 그런데 갑작스레 정적이 흐른다. 아무도 말을 하고 있지 않은 것이다. 뭔가 이상했다. 고개를 살짝 들어 보니 중년 여성분들이 동시에 말없이 나를 쳐다보고 있다. 내가 무슨 말이라도 해야 할 것 같은 묘한 분위기가 조성되었다. 시선의 중압감에 눌린 나는 간신히 입을 열었다. 진지하고 차분하게 조용하지만 힘 있게 말했다.

"저도… 그 고등학교 정말 가고 싶었었어요."

솔직하게 드러내는 것이 항상 옳은 것은 아니라는 생각이 들었다.
솔직함의 반대말이 꼭 거짓은 아니다.
자신의 감정을 숨김없이 드러내지 않는다고
그것이 항상 부패하고 부조리한 것도 아니다.
불필요한 상처를 줄이는 방법으로 우리는 알게 모르게
솔직함을 숨기기도 한다.

진실
하다

뭉게구름이 솜사탕처럼 피어 있는 날이다. 유독 드높아진 하늘은 뜨거운 여름을 식혔다. 쾌청한 가을이 오고 있는 이렇게 좋은 날, 친구는 이별을 했다. 한여름의 햇빛처럼 찬란했던 그들의 사랑이 종말을 맞이했을 때, 친구는 스스로 맞춤형 알코올 처방전을 발급하고 잠적했다. 그날은 친구가 슬픔의 그물을 겨우 걷어 내고 수면 위로 올라온 날이다. 우리는 그를 위해 모였다.

긴급 처치만 있었을 뿐 여전히 응급실이 필요한 중증 환자처럼 보였다. 안쓰러웠지만 우리가 해줄 수 있는 위로는 얼마 안 됐다. 그저 열심히 들어주고 같이 있어 주는 것밖에. 친구는 술의 힘을 빌려 쓰린 가슴속을 헤집어 하나하나 속 얘기를 끌어올렸다. 바닥에 처박힌 고개도 한마디 말을 할 때마다 같이 올라왔다.

"형, 내가 형처럼 태어났으면 좋았을 텐데. 그랬다면 그녀가 나를 떠나지 않았을 텐데. 내가 가진 것이 많아서 그녀에게 줄 수 있는 것이 많았으면 좋았을 텐데."

여기서 친구가 지목한 형은 재벌 2세다. 일명 평민들 사이에 앉아 유독 침묵을 지키고 있는 선배는 친구를 물끄러미 쳐다보고 있었다. 친구는 착잡한 말투로 선배에게 뭐라고 말 좀 해 보라고 독촉했다. 의자 등받이에 기대 깊숙이 앉아 있던 선배는 친구를 향해 테이블 앞으로 몸을 바짝 붙였다.

"연애라는 것을 처음 했을 때부터 궁금했던 게 하나 있어."
"형이 궁금한 것도 있어?"
"내가 만나는 여자들을 보면서 늘 알고 싶었던 게 있지."
"그게 뭔데?"
"내가 가진 게 없다면 그래도 나를 만났을까?"

친구는 대답을 하지 못했다.

"내 아버지의 재력이 가장 큰 이유 아니겠어? 나는 내가 아니야. 사람들에게 난 그룹의 승계자야. 그래서 나를 좋아하지. 싫어도 좋은 척하고, 기분 나빠도 아닌 척해. 친해지려고 마음에 들려고 무진장 애써. 내가 애쓰지 않아도 돼. 난 참을 필요가 없어. 모두가 나를 위해서 참아 주거든. 평생을 일하지 않고 먹고 놀아도 돼. 아무것도 안 해도 돼. 근데 그걸 상대도 안단 말이야. 모든 사람이 알고 있어. 내 이름도, 내 얼굴도. 나를 모르는 사람도 그냥 핸드폰

검색하면 다 나와. 그래서 나는 사람들의 진짜 마음을 알 수가 없어. 내가 우리 아버지의 아들이 아니어도 나 자체를 사랑할 수 있는 사람이 있을까? 이 여자는 내가 바닥으로 나가떨어져서 둘 다 당장 밖에 나가 뭐라도 일을 해야 할 때 기꺼이 남의 집에 가서 청소라도 할 생각이 있을까? 나를 사랑한다고 하는데 마냥 순수한 사랑일까? 그런데 말이야. 여기서 가장 비극이 뭔지 아냐? 그걸 나는 죽을 때까지 알 수 없다는 거야. 진심이란 걸 알 도리가 없어. 최소한 너는 그것을 알 수 있잖아."

그래도 나는 조금 부럽다. 조금은 무슨, 아주 많이 부럽다.

생각해 보면 사람 사는 세상이 다 그런지도 모르겠다. 좋은 날에는 모른다. 일이 잘 풀리고 모든 것이 매끄럽게 흘러갈 때는 다 내 편 같다. 전혀 문제가 없어 보인다. 어려움이 닥치고 바닥에 내동댕이쳐지고 밑도 끝도 없이 추락하기 시작하면 그때야 비로소 보인다. 영원히 갈 것 같았던 사람들도 변하고, 우호적이기만 할 것 같은 주변 환경도 달라진다. 시련을 겪어 봐야 진짜 내 사람, 신뢰하고 의지할 수 있는 사람들이 걸러진다. 그제야 진짜 내 편이 누구였는지 알게 된다.

전부를 잃고 나서야만 알 수 있게 되는 것도 있다. 역경에 맞닥뜨렸을 때 내 주변 사람들의 진심만 알게 되겠는가. 아니다. 자신의 진심도 알게 된다. 최악의 상황이 오면 내가 어떤 사람인지 실체의 나도 드러난다. 진실의 순간이다.

그래서였을까. 선배는 죽을 때까지 알 수 없다는 것을 비극이라 했다. 물론 죽을 때까지 몰라도 되는 비극도 있다. 굳이 안 겪어도 될 것을 일부러 겪을 필요는 없겠지만 선배 또한 진실이 궁금했을 테다. 자신을 향한 상대의 진심을 확인해 보고 싶지 않은 사람이 어디 있겠는가. 다른 것에 물들지 않고 자기 자체를 사랑할 수 있는 사람을 찾고 싶지 않은 사람이 어디 있겠는가.

선배가 친구에게 물었듯 나도 묻고 싶었다. 자신의 이름을 벗겨 내고 본래의 자신 그대로를 사랑하는 사람을 찾을 수 있다면 선배도 지금 가진 것을 다 내려놓을 수 있을지 말이다. 그런 희생을 감수해서라도 진실한 사랑을 찾을 만큼 자신의 마음이 진실한지 말이다.

진실은 가혹하다. 그래서 진실에 다가가는 사람도 드물다. 내가 어디까지 진실할 수 있을지 진실에 가까이 가면 갈수록 극명히 알 수 있다. 얼핏 비슷해 보이는 교묘한 틈에서 진실은 갈린다.

자기에게서의 회피가 두려운 것인가,
본래 자기와의 직면이 두려운 것인가.

전부를 잃어버리는 것이 두려운 것인가,
잃은 후에 다시 일어설 수 없을까 두려운 것인가.

틀렸다는 것이 두려운 것인가,
틀렸다는 것을 알지 못한다는 사실이 두려운 것인가.

155

한계에 부딪히는 것이 두려운 것인가,
한계를 알고 안주하는 것이 두려운 것인가.

알면서도 못하는 것이 두려운 것인가,
알지 못해서 모르는 것이 두려운 것인가.

친구는 홀로 던지는 질문에 틈을 벌리며 자신을 만나게 될 거다. 하룻밤 자고 난 사이, 나무는 잎을 잃어버린 채로 서 있을 거다. 다음 날엔 더 많은 잎을 잃어버린 것을 알게 될 거다. 앙상한 가지만 남은 자신을 마주하게 될 거다. 늦은 가을 도시 한복판의 쓸쓸한 나무처럼 그의 심장은 겨우내 시린 찬 바람을 맞을 것이다.

진실에 다가가는 가혹한 과정이 끝날 무렵
또 다른 진실을 발견하게 될 거다.
겨울이 가면 반드시 봄이 온다는 진실을.

전부를 잃고 나서야만 알 수 있게 되는 것도 있다.
역경에 맞닥뜨렸을 때 내 주변 사람들의 진심만 알게 되겠는가.
아니다. 자신의 진심도 알게 된다.
최악의 상황이 오면 내가 어떤 사람인지 실체의 나도 드러난다.
진실의 순간이다.

인정
하다

조카 둘이 서로 앞자리에 앉겠다고 티격태격 실랑이가 벌어졌다. 주차장에 내려가기도 전에 신경전은 시작됐다. 네 살, 여섯 살. 두 살 터울인 남자아이들이지만 목소리 크기는 성인 못지않다. 목소리가 큰 사람이 상대를 제압할 수 있다고 굳건히 믿고 있다.

외국에 사는 동생 가족이 휴가차 들어왔다. 드라이브 겸 시내를 벗어난 곳에서 저녁을 먹기로 했다. 일곱 명이 이동해야 하는 터라 차 두 대가 필요한 상황이다. 내가 차 키를 잡는 순간, 둘째 조카가 소리를 지른다.

"고모 차! 내가 앞자리!"

둘째가 기개 넘치는 자세로 두 손을 불끈 쥔다. 첫째도 지지 않는다.

"먼저 차에 도착한 사람이 앞자리!"

한 녀석이 엘리베이터 버튼을 누르자 다른 녀석이 계단으로 뛰어
내려가기 시작했다. 주차장에 내려가 보니 예상대로 앞자리 조수
석 문을 붙들고 쟁탈전이 한창이다. 키가 작은 둘째는 목이 부러져
라 고개를 뒤로 젖히고 형을 노려보고 있다. 형은 이를 악물고 한
대 때려 줄까 말까 고민한다. 할아버지 할머니가 말려 보지만 소용
없다. 간발의 차로 늦게 도착한 첫째가 눈물을 억지로 짜내고 있
다. 아랫입술이 한껏 올라온 채로 "함무니…"를 부른다. 서러움 가
득한 목소리다. 갈 때 올 때 번갈아 한 번씩 앞에 타기로 협상을 마
치고 조카들을 차에 태웠다. 언제 그랬냐는 듯 둘은 오붓하게 서로
의 이름을 부르며 다정하게 대화하기 시작했다. 주차장을 나서자
마자 질문이 시작되었다.

"고모! 저건 뭐야?"
"반사경이라고 하는 거야."
"반사경이 뭔데?"
"운전하는 사람이 다른 쪽에서 오는 사람이나 차를 못 볼까 봐 거
울을 설치해 둔 거야."
"왜 못 봐?"
"사람이 눈으로 볼 수 없는 게 있거든. 사고 나지 말라고 세워둔 거
지."
"왜 사람의 눈으로 볼 수가 없어? 난 다 보이는데?"
"우리 옆이나 뒤에 뭐가 있는지 볼 수 없잖아."

"그럼, 자주 고개를 돌려 봐야겠네. 안 보이는 게 뭔지 알기 위해서."

"응, 그래야지."

"고모를 위해서 내가 뒤를 봐 줄게."

뻑뻑하게 걸려 있는 안전벨트를 두 손으로 조심히 잡고 몸을 내 쪽으로 한참 기울였다. 머리를 빠끔히 내밀며 뒤에서 달리는 차들을 쳐다보고 있었다. 늠름한 표정으로 슈퍼맨 흉내를 내는 조카가 기특했다.

"위험하니까 제대로 앉아야지. 백미러가 있어서 괜찮아."

"백미러는 뭐야?"

조카들의 질문 공세는 식당에 도착할 때까지 멈추지 않았다.

운전면허를 딴지 얼마 안 되던 때였다. 일렬 주차한 곳에서 차를 빼기 위해 시동을 걸었다. 양쪽 사이드 미러를 확인하고 출발하려던 찰나, 느닷없이 왼쪽에서 클랙슨 소리가 울렸다. 순간 놀라 브레이크를 밟고 창 쪽을 내다보았다. 직진하던 차와 내 차는 부딪치기 일보 직전이었다. 다행히 사고는 나지 않았지만 심장이 벌렁댔다. '분명히 차가 없었는데…' 얼얼한 표정을 짓고 있는 내게 상대 운전자는 고압적인 태도로 조심하라는 말과 함께 사각지대여서 안 보였던 것 같다는 말을 남기고 갔다.

'사각지대'

자동차 사이드 미러에 보이지 않는 사각지대, 영어로 blind spot. 즉 맹점을 말한다. 분명히 물체가 있는데도 눈을 뜨고 있어도 볼 수 없는 경우다.

우리 눈의 맹점은 쉽게 확인할 수 있다. 왼쪽 눈이나 오른쪽 눈, 한 쪽 눈을 편하게 감는다. 40cm쯤 떨어진 거리에서 아래 글자를 바라본다. 오른쪽 눈을 뜬 경우 R 글자를, 왼쪽 눈을 뜬 경우 L 글자에 시선을 고정한다. 그리고 천천히 다가간다. 그러면 어느 순간 옆에 있는 글자가 사라지는 것을 알 수 있다. 맹점 안에 글자가 들어갔기 때문이다. 순간 제대로 보기 위해 눈동자를 돌리면 옆 글자는 다시 나타난다. 원래 시선을 고정한 글자에 초점을 맞추면 옆 글자는 보이지 않는다.

R   L

망막에 시각 세포가 없어서 물체의 상이 맺히지 않아 시각 기능을 하지 못하는 부분이다. 분명히 실존하고 있음에도 눈에 보이지 않는다는 사실은 믿기지 않을 정도로 놀라웠다.

맹점 안에는 무엇이 있을까. 인간관계 속에서 자신도 모르게 저지르는 실수, 사고방식의 치명적인 오류, 자기 생각에 갇혀 버리는 무의식적인 편견들이 여기에 해당한다. 미처 챙기지 못했던 부분. 사소하게 보여 그냥 지나쳐도 될 것이라 여겨 왔던 것, 아예 보이지 않는 모순들이 있다. 예기치 않은 장소와 시간에서 사고가 나듯 우리의 맹점에서 엉뚱하게 사고가 나기도 한다.

제대로 가고 있다고 생각하지만 제대로 가고 있지 않을 때, 우리는 자동차 경적 소리를 듣게 된다. 마치 경고음처럼. 일부러 불필요한 경적을 울려 대는 운전자도 있지만, 보통은 위험을 알릴 때 사용한다. 내가 감지하지 못한 위험을 뒤차나 옆 차가 알려 준다. 차가 휘청이거나 차선을 넘어오거나 엉뚱한 곳으로 가고 있을 때 누군가 경적을 울려 준다. 내가 무슨 짓을 하고 있는지 모르는 경우는 의외로 자주 발생한다. 경적 소리는 미처 몰랐던 것을 알아차리게 하고 어긋났던 나를 제자리로 돌아오게 한다.

누구나 자기 모습을 볼 수 없는 맹점이 있다. 알고 있다고 생각하지만 모르는 것이 있다. '알고 있다.'라고 생각하는 것에 우리는 더 이상 의문을 제기하지 않는다. 그런 만큼 주관적인 시선에서 벗어난 객관적 통찰이 어렵다. 이런 본성 때문에 자신의 사고 과정을 꿰뚫어 보지 못하고 타인의 사고방식을 함부로 비난하는 오류에 빠지곤 한다.

어리석은 실수를 반복하고 왜곡된 관점을 벗어나지 못함에도 불구하고 우리는 자신을 이성적이고 합리적인 존재라고 착각한다. 게다가 타인의 맹점을 보는 데는 완전 전문가다.

맹점을 인정하는 것은 자신의 관점에 의문을 갖게 하고 다른 관점으로 새롭게 볼 수 있는 기회를 준다. 스스로 더욱 정확히 알도록 도와주며 타인에게는 더욱 관대해지도록 해 준다. 만약 우리가 타인의 관점으로 세상을 볼 수만 있다면, 편견은 쉽게 극복될 것이다. 만약 그 타인이 한 명이 아니라 수백 수천 명이라면, 하나의 관점이 아닌 수천 가지의 관점으로 사물을 보게 될 것이다. 만약 그것이 가능하다면, 완전한 새 하늘과 새 땅에서 살게 되는 격이다. 상상해 보라. 갈등을 초월하고 고통에서 벗어나 모든 것이 이해된다면 지금까지 상상도 못 했던 것을 발견할 수밖에 없다. 모든 원인은 나로부터 시작하고 모든 결과도 나로 귀결된다.

우리는 얼마든지 틀릴 수 있고 모를 수 있다. 그것이 반사경이 있는 이유다. 혹여 당신을 향해 경적 소리가 들린다면 감사함으로 귀 기울여야 한다.

나를 두렵게 하는 것은 내가 모른다는 사실이 아니다.
모르는 것은 듣고 깨닫고 받아들이면 된다.
내가 가장 두려운 것은 내가 뭘 모르는지 모른다는 사실이다.

여행
하다

늘 지나다니는 길목이다. 연한 옥색 바탕에 은색 글자로 새겨진 예쁜 간판을 뒤늦게 발견했다. 호기심과 반가움에 문을 열고 들어갔다. 차분해 보이는 여성 한 분이 테이블에 앉아 티 없이 맑은 진주 빛깔 칼라(calla)를 조심스럽게 매만지고 있었다.

언제 가게를 열었냐고 물어보니 1년이 조금 넘어간다고 한다. 민망해진 나는 뜬금없이 그녀의 손에 쥔 칼라를 포장해 줄 수 있겠냐고 물었다. 나의 서툰 충동구매를 눈치챘는지 그녀는 살짝 보조개가 들어가게 웃었다. 투명한 포장지 위로 레이스가 달린 하얀 리본을 포개며 칼라에 대해 설명을 곁들여 주었다.

꽃말이 열정이라고 한다. 동시에 시작과 끝을 의미한다고 덧붙였다. 그래서 인생의 새로운 시작인 결혼식에도 사용되고 인생의 마지막인 장례식에서도 많이 찾는다고 한다. 결혼식과 장례식은 정말이지 의외의 조합이다. 시작과 끝맺음을 하는 시기에는 열정이 필요한가 보다.

해외에 나가야만 그동안 볼 수 없었던 것을 보는 것은 아니다. 여행이 설레는 까닭은 새로운 흥분과 긴장 속에 낯섦을 즐기기 위한 것 아닌가. 언제나 오가는 길목에서도 미처 보지 못했던 것을 발견하는 걸 보면, 여행이 꼭 어디론가 떠나야만 성립하는 것은 아닐지도 모른다.

입사 지원 서류를 쓸 때면 이력서 취미란 앞에서 매번 갈등에 빠졌었다. 여행이라고 써야 하나 말아야 하나. 촌스럽기도 하고 식상하기도 하지만 실제 나의 취미는 여행이었다. 기회만 되면 외국으로 나갔다. 유레일패스와 배낭 하나로 유럽을 팩맨처럼 쓸고 다니고 곧 주저앉을 것 같은 중고차를 끌고 북미 대륙을 쏘다녔다. 여행은 살아 보는 것이라면서 마음에 드는 도시가 나타나면 몇 달씩 머물기도 했다. 돈이 떨어지면 현지에서 할 수 있는 일을 찾아서 경비를 충당했다. 한국에 돌아오면 몇 달이 멀다 하고 다시 비행기 티켓을 끊었다. 여권은 너덜너덜해졌다.

세상 끝까지 가 봐야 나를 찾을 것처럼 누비고 다녔다. 아니, 여기가 아닌 어딘가로 떠나기만 하면 된다는 마음이 더 강렬했었다. 여기만 벗어나면 괜찮아질 것 같았고 멀리 떠나면 새로운 것을 느낄수 있다고 믿었다. 색다르고 다양한 것을 보고 들으면 내 것으로 만들 수 있다고 믿었다. 많은 것을 경험함으로 내가 성장한다고 생각했다. 물론 일면 그런 점도 있다. 그러나 나는 어떠한 여행에서도 궁극의 나를 만나지는 못했다.

언제나 어디론가 가려고만 하기에 바빴다. 이것도 해 봐야 하고 저것도 시도해 보고 싶었다. 늘 무언가를 열심히 하는 것에만 급급했다. 자연이 연출하는 웅장함에 감탄하고, 낯설고 이국적인 풍경과 사람들에 열중한 나머지 그 너머에 있는 것들을 보지 못했다. 중요한 것을 놓치면 안 된다는 강박에 끊임없이 찾아다니느라 계속해서 나를 놓쳤던 것이다. 여유로움을 누려야 한다는 사실에 점령당해 정작 여유 속에서 만나야 하는 것을 만나지 못했다. 몸만 여행하고 있던 셈이다.

새롭고 낯선 경험을 위해 우리는 설레고 들뜬 마음으로 여행 목록을 작성한다. 뻔하고 대수로울 것 없는 여행이 될까 봐 안달하며 자신만의 특별한 루트를 만든다. 단체로 몰려다니는 일상적 유람을 벗어나고 싶어 그중에서도 가장 낯선 것을 찾지 않는가. 그동안 해 볼 수 없었던 것을 해 볼 기회를 찾고, 보지 못했던 광경을 보길 원하고, 먹어 보지 않았던 음식에 도전하고, 그것을 느긋하게 나만의 방식으로 즐기고 싶어 하지 않는가.

사람도 그렇다. 하지만 재미있는 건 그것이 사람에게는 잘 적용되지 않는다는 점이다. 상대에게서 발견된 낯선 장면을 견디지 못한다. 결혼한 친구들에게 가장 많이 듣는 말은 '내 배우자가 이런 사람인 줄 몰랐다.'라는 말이다. 오랜 시간 알고 지낸 친구에게서도 늘 보아 오던 부모 형제에게서도 의외의 면에 깜짝 놀랄 때가 있다. 상대를 보면서만 그런가. 나 자신도 그렇다. '내가 그때 도대체 왜 그랬지?' '내가 드디어 미쳤구나!' '내게 이런 면이 있다니.' 스스로에게 놀라는 날도 많다. 사실 낯섦은 어디에서든 튀어나온다.

나는 꽤 비판적이다. 타고난 성향에 더해진 직업병이다. 뉴스에 담긴 메시지를 분석하고 말에 담긴 의도를 파악하고 글과 행동을 비평해야 했던 탓에 나의 시각은 비관적으로 강화됐다. 그것은 종종 잘못된 방식으로 표출됐다. 지도 교수에게 내쳐질지언정 비합리적인 것은 꼭 표현해야 했고 직장 상사에게도 순종적이지 못해 논리가 맞지 않는다고 생각되면 불난 집에 기름을 끼얹기 일쑤였다. 친구의 아픔에 공감하기보다는 문제점을 분석하려 들었다. 감정의 늪에 빠져 허우적댈 시간에 문제를 파악하고 해결 방법을 찾는 것이 도움이 될 거라는 판단에서였다.

결과적으로 그것이 그다지 도움이 되지는 못했다. 사람들이 원하는 대답을 하는 사람이 되어 보려고도 했지만 잘 되지 않았다. 겉으로는 그럴싸해 보였지만 나란 사람은 결코 그들이 생각한 사람이 아니었다. 최선을 다한다 했지만 많은 것들이 나의 틀 안에서 기형적으로 자라났다.

이대로 괜찮은 걸까.
나는 지금 잘하고 있는 것일까.
무엇이 문제일까.

인생의 굴곡을 마주할 때 누구나 이런 질문으로 생각에 잠긴다. 답을 쉽게 찾을 수 없었다. 그래서 내가 제일 잘하던 것을 나에게 적용해 보기로 했다. 다른 사람들에게 하듯 나를 관찰하기 시작했다. 여행지에 가서 뭐 하나 놓칠세라 유심히 주의 깊게 보듯 나를 들여다보았다. 어떤 행동을 할 때면 왜 그렇게 행동하는지 살펴보았고 어떤 생각이 들 때면 그 생각이 어떻게 발현되었는지 되짚어 보았다. 어떤 감정이 느껴질 때면 감정 이면에 숨어 있는 다른 감정들을 의식적으로 쳐다보았다.

아무런 결론도 내지 않고 섣부른 예측도 하지 않았다. 포장하기를 멈추고 있는 그대로 내 안에서 무엇이 일어나고 있는지 보았다. 이 과정에서 발견한 것들은 도저히 눈 뜨고 못 봐줄 것들이 대부분이었다. 감정의 기저에 깔려 잘 보이지 않는 것들을 헤집는 것은 모질고 혹독했다. 적당히 나를 감싸고 있는 포장지를 스스로 뜯어내는 것은 불편하고 아팠다.

길 가다 마주치는 사람을 바라보는 내 시선은 무의식적으로 판단을 멈추지 않고 있었다. 내로남불 뉴스를 접하는 내 반응에는 매사 분노가 배어 있었지만, 정도의 차이가 있을 뿐 나도 내 입장에 치우쳐 있었다. 고정 관념에 갇혀 단편적인 사실만으로 쉽게 결론 내리기 일쑤였고, 상황을 내게 유리하게 이끌어가기 위해 실제보다 과하게 포장하기도 했다. 배려한다고 하는 말 안에는 위선이 교묘히 섞여 있었고 자책감에서 벗어나기 위하여 서둘러 합리화하기도 했다. 거짓말과 참말 사이에서 줄다리기하며 남의 모순을 지적하는 나의 모순을 마주해야 했다. 온갖 이유를 찾아내어 나태와 타성에 젖은 나를 정당화하고 있었고, 객관적인 시선을 유지한다지만 지극히 주관적 편견에 빠져 있었다. 그중 가장 꼴 보기 싫은 것은 '나는 맞고 너는 틀리다.'라는 교만이었다.

객관적으로 나를 들여다보는 것은 끔찍할 정도로 두려운 일이다. 하지만 그것들을 알아보는 만큼 자유로워진다. 내게 있는 것이 당신에게도 있고 당신에게도 있는 것이 내게도 있다. 나를 아는 만큼 상대가 보이고 세상이 보이기 시작한다.

자신도 모르면서 남은 어떻게 알며 세상은 어떻게 이해할 수 있겠는가. 영화 〈솔라리스〉의 감독 타르코프스키는 우리가 먼저 탐험해야 할 새로운 미개척지는 우주보다 마음이라고 말하지 않았는가.

마지막 여행지는 나 자신이다.

내가 어디에 갇혀 있었는지 알게 되어야 내가 만든 감옥에서 나올 수 있다. 내 생각을 응시하면서 더 깊은 차원의 원리를 만났고 내 마음과 마주하면서 인생의 거품을 걷어 내기 시작했다. 내가 나도 제대로 모르는 판에 참 많이도 아는 척을 하고 살았다. 근본적으로 자유로울 수 없는 존재가 자유에 눈을 뜨게 된 것은 일상에서 해방된 여행의 자유로움보다 신비롭고 평온했다.

칼라를 화병에 옮겼다. 사랑과 죽음만큼 인생을 함축적으로 보여 줄 수 있는 것이 또 있을까. 이 꽃이 왜 결혼식과 장례식에 함께 사용되는지 알 듯하다. 우리의 시작은 어떤 남자와 어떤 여자의 사랑의 결과물로부터 비롯되었다. 한순간일지언정 남녀의 사랑으로 우리가 이 땅에 태어나지 않았는가.

결혼이란 야릇하다. 서로 달라 섞일 수 없을 것 같은 남자와 여자가 무장 해제되어서 하나라는 이름으로 만난다. 하나가 되어서도, 매번 다른 나라 사람 같은 상대의 낯섦에 미지의 영역을 여행한다. 둘이 하나가 되기도 하고, 셋이 되기도 한다. 하나가 둘이 되기도 하고, 다시 하나로 돌아오기도 한다. 익숙한 것이 죽고 새로움에 눈을 뜨는, 알다가도 모를 시작과 끝을 반복한다. 죽을 때까지 말이다.

꽃집 주인은 칼라를 안고 문을 나서던 나에게 한마디를 더했다. 칼라의 꽃말 중에 고백할 때 자주 인용되는 꽃말이라고 했다.

'아무리 봐도 당신만 한 사람은 없습니다.'

자신과 마주할 용기를 가진다면 낯선 자기 자신에 눈을 뜨게 될 것이다. 우리 안에는 보기 흉한 것들만 있지 않다. 항상 오가던 길목에서도 미처 발견하지 못한 꽃집처럼 근사한 꽃집을 만나게 될지도 모른다. 그 향기에 당신이 취할지도 모를 일이다. 그래서 이렇게 읊조릴지도 모른다. '아무리 봐도 나만 한 사람이 없네.'라고. 실제로 당신만 한 사람은 없다. 당신이라는 미지를 탐험할 자도 당신밖에 없다.

언제나 출발점은 당신 자신이다. 인생은 혼자 와서 혼자 가는 여행
이라고 하지 않는가. 덧붙이자면 자신을 알아가고 찾아가는 여행
이라 말하고 싶다. 우리는 한계와 가능성의 교차점에서 살아간다.
시작과 끝은 항상 맞물려 있다. 끝난 자리에서 우리는 다시 시작할
수 있다. 자신에게 귀 기울이는 삶은 한계의 벽을 허물고 가능성의
범주로 넘어가게 한다. 그렇게 나로부터 시작해 마침내 도달해야
할 곳도 자기 자신이다.

내게 무엇이 담겨 있는지, 내가 어디에 서 있는지, 내가 무엇을 원
하는지, 어떤 삶을 살고 싶은지 가장 잘 알 수 있는 사람은 자신뿐
이다. 자신과 만나는 시간이 많아질수록 인생은 달라진다. 어떤 여
행지에서도 얻을 수 없었던 것을 얻게 된다. 우주가 신비롭고 경이
롭다 하지만 당신만큼 광활하고 놀라운 여행지는 없다.

당신은,
지구에서 가장 가 볼 만한 가치가 있는 진정 여행지다운 여행지다.

빛나다

어쩌다 가끔 TV를 본다. 채널을 돌리다가 아이돌이 나올 때면 정신이 혼미해진다. 그들의 춤과 노래는 광속으로 눈이 따라가도 버겁기만 하다. 사실 보고 있어도 뭐가 뭔지 잘 모르겠다. 현란하고 유연한 몸동작을 보고 있자면 같은 인간의 관절과 근육인가 하는 의문이 생긴다. 한 곡의 노래가 끝나면 마치 내가 무대에 오른 것 같은 피로를 느낀다. 보기만 해도 탈진할 것 같다.

아이돌 지망생의 프로파일 작업에 참여한 적이 있다. 근래 들어 인기 가수들의 일탈이나, 폭력, 비상식적인 언행이 화제가 되어 뉴스에 곧잘 등장한다. 이로 인해 기획사들은 비상이 걸렸다. 춤과 노래 실력뿐만 아니라 인성까지 갖춘 더 높은 수준의 스타성을 원했다.

인성과 자질을 가늠하기 위해 수차례에 걸친 인터뷰와 모니터링이 진행된다. 나의 역할은 일종의 거름막이다. 개인의 특성과 보완점을 찾아내고 보고서로 기록한다. 지망생의 장단점을 파악해 효율적으로 관리하겠다는 취지지만, 기획사의 입장에서는 '될 성싶은 떡잎'을 알아보는 것만큼 '문제아가 될 가능성'을 알아보는 것도 중요했다. 무의식적인 일상생활을 모니터링하기 위해 연습실, 대기실, 복도 등 공용 장소에 카메라를 설치한다. 개별적 성향을 파악하기 위해 진행하는 인터뷰도 녹화한다. 때에 따라 대본에 없는 추가 질문을 하기도 하고 즉흥 상황에서의 대처 능력을 보기 위해 가상의 역할을 맡기기도 한다. 아이돌은 솔로 데뷔가 드물다. 여럿이 팀을 이뤄 함께 움직여야 하는 만큼 갈등도 많고 조율할 것도 많다.

같은 연예인일지라도 연기자는 개인적인 속성이 강하다. 연기자는 존재감과 연기력 같은 개인 역량이 우선된다. 연기는 캐릭터에 녹아져야 하기에 굳이 출중한 외모가 아니더라도 연기력으로 승부를 걸어 강렬한 인상을 남길 수 있다. 연기자마다 개인이 가지는 아우라, 특유의 독특한 분위기가 있다. 그렇기 때문에 꼭 주인공이 아니더라도 주연보다 더 주연 같은 조연이 가능하다. 그 사람이 아니면 안 되는 영역이 존재한다. 다소 연기력이 부족해도 폭넓은 장르를 소화하며 성장할 수 있고, 오랜 무명을 거쳐 중년이 넘어서도 대중의 주목을 받기도 한다. 하지만 아이돌의 경우는 판이 다르다.

멋지고 예쁘고 춤 잘 추고 가창력 있는 사람이 넘친다. 스타를 만들어 내는 것은 대부분 기획의 몫이고 마케팅의 힘이다. 엄청난 연습량으로 거의 완벽한 싱크로율의 안무를 소화해 낸다. 쉽다는 말이 아니다. 플롯에 따라 짜인 안무는 무한 반복 연습으로 만족스러운 성취가 가능하다. 하지만 사방이 거울인 연습실 밖은 판이하다. 마스터한 춤과 노래 실력 이외의 것들에 좌지우지된다.

연예계의 상황은 녹록지 않다. 쉽고 편하게 이름을 날리는 것 같지만 상상도 못 할 인고의 과정을 겪는다. 어중이떠중이로 수천 시간을 연습에 매진하며 이름 없는 시간을 버텨야 한다. 연습생으로 발탁되면 동고동락하는 준비생들과 끊임없는 비교 선상에서 밀려나거나 밀쳐 내야 한다. 앨범을 준비하면서 크고 작은 갈등을 겪으며 스트레스와 중압감을 버텨 낸다. 기회가 닿아 데뷔한다 해도 데뷔 자체가 흥행을 보장하지는 않는다. 언제 대중의 사랑을 받게 될지 아무도 모른다.

무명의 시간을 부여잡고도 끝까지 하는 사람, 꼭 이것을 해야겠다는 이유가 있는 사람들은 언젠가 대중을 만난다. 결국 끝까지 살아남은 단 몇 명만이 사람들 앞에 이름을 알릴 자격을 얻는다. 그리고 꾸준한 실력을 발휘할 때, 가창력과 감수성을 갖춘 소수만이 나이가 들어도 시대를 넘나드는 사랑을 받는다.

유치원생부터 성인에 이르기까지 아이돌을 꿈꾸는 사람들이 기획사를 찾아온다. 이제 막 일곱 살이 된 아이에게도 질문은 예외가 없다.

"꿈이 뭐예요?"
"연예인이 되고 싶어요!"
"왜 연예인이 되고 싶어요?"

"유명해질 수 있잖아요."

"왜 유명해지고 싶어요?"

"유명해지면 돈도 많이 벌 수 있잖아요."

"왜 돈을 많이 벌고 싶나요?"

"내 마음대로 다 할 수 있으니까요."

"돈이 많으면 뭐가 좋을까요?"

"사고 싶은 걸 다 살 수 있잖아요."

대부분의 아이들은 이렇게 대답한다. 유명해지고 싶어 한다. 유명해지면 사랑도 받고 인정도 받고 돈도 많이 벌 수 있다고 답한다. 그리고 나의 마지막 질문이다.

"만약 무대에 올랐는데 자신을 봐 주는 사람이 아무도 없다면, 그래도 노래를 부르고 춤을 출 건가요?"

고민 없이 바로 '네'라고 대답하는 사람을 지금껏 본 적이 없다. 자신만만하던 아이들은 시선을 어디다 둬야 할지 몰라 당황해한다. 선뜻 대답을 못 하고 머뭇거린다.

연예인이 되는 것도 좋고 유명해지는 것도 좋다. 선망의 대상이 되고 사랑을 받는 것도 좋다. 문제는 사랑만 받지 않는다는 데 있다. 동시에 시기와 비난, 미움의 대상이 된다. 나를 좋아하는 사람이 있으면 싫어하는 사람도 있다. 팬이 생기면 안티도 생긴다. 화려한 환영만큼 짙은 그림자도 함께 따라다닌다. 한쪽만 취할 수 없다.

175

유명해지면 마음대로 원하는 것을 다 할 수 있을 것 같지만 아니다. 인기와 부를 얻는 만큼 잃는 것도 많다. 외부에서의 일상은 공개되고 언행은 뉴스거리가 된다. 보는 눈이 많아져 친구와 편하게 커피 한잔하기 힘들고 늦은 밤 술잔 기울이며 속 얘기를 하기도 어렵다. 쉬러 간 여행에서도 누군가의 핸드폰 카메라를 의식해야 하고 사랑하는 사람이 생겨도 어깨를 두를 때 망설이게 된다. 유명해진 만큼 다른 사람을 의식할 수밖에 없는 삶을 살아가게 된다.

무엇이 되고 싶은 것보다 유명해진 상태가 되고 싶어 한다. 춤이 좋아 춤을 추고 노래하기 위해 노래하는 사람은 찾기 힘들다. 인생을 연기에 담아내고 싶은 것보다 말 그대로 유명해지기 위해 유명해지는 것을 원한다. 유명세는 영원할 것 같지만 한 줌 모래처럼 흩어진다. 새로운 스타는 또다시 떠오른다. 한때 세상을 잡고 뒤흔들었어도 나이가 들고 시간이 지나면 잊힌다. 악플보다 무플이 더 무섭다 하지 않는가. 과거의 영광 속에 파묻혀 우울증을 앓기도 하고 때로는 죽음으로 도피하기도 한다. 관심에서 무관심으로 기울수록 삶도 같이 기운다.

이런 냉혹한 진실을 직시하고도 하겠다는 사람. 객석에 아무도 없을지라도 나만의 춤을 추겠냐고 물을 때, 보여줄 사람이 없을지라도 연기를 하겠냐고 물을 때, 듣는 사람이 아무도 없을지라도 노래를 하겠냐 물었을 때, 대답할 수 있는 사람을 찾고 있다. 아무리 봐도 일곱 살짜리에게 할 질문은 아니다. 그렇다고 아흔일곱이 됐다고 선뜻 대답할 수 있을지 나도 의문이다.

주목받는 것은 뜨겁고 강렬한 느낌이다. 관심에 대한 중독은 다른 중독과 똑같다. 항상 부족하다. 그래서 누군가의 관심을 받기 위해 더 매달릴 수밖에 없다. 만약 창의성을 발휘하는 이유가 상대의 관심을 받는 데 있다면 내가 하고 있는 창의적 활동에 대해서는 만족감을 느낄 수 없게 된다. 상대의 관심이 죽으면 나의 움직임도 함께 죽는다.

무명의 시간을 견디어 내는 사람들은 상대의 관심보다 자신의 관심에 주의를 기울이는 자다. 관객이 없어도 자신을 위해 몰입할 수 있는 자는 다른 어떤 것에도 산만해지지 않는다. 그런 흔들림 없는 온전한 집중은 창의성을 증폭시킨다. 오히려 그것이 다른 사람들의 관심을 얻어 낸다.

타인의 시선 없이도 자신의 관심에 충실한 사람은 결국 타인의 시선을 끌어낸다. 그런 자는 스스로 빛을 내기 때문이다. 얼마나 주목받았는지는 부차적인 이야기다.

자신의 관심에 관심을 쏟아 집중하는 사람은 안다.
그것이 타인에게서 주목받는 것보다 뜨겁고 강렬하다는 것을.
자신에게 관심을 쏟을 수 있는 사람은
모든 것을 배경으로 만들어 버리지만,
누군가의 관심에 쏠려 있는 사람은
자신이 그들의 배경이 되어 버린다.

있다

창밖을 넌지시 내다보던 엄마는 바닥을 쓸어내리는 긴 한숨과 함께 한마디 내뱉는다.

"10년만 젊었어도…"

또 시작이다. 어쩔 수 없다는 걸 본인도 알고 있다. 들어줄 대상도 없지만 이렇게 투정이라도 부려야겠다는 듯 입을 삐죽거린다. 갑자기 어디서 튀어나온 말인지 모를 대책 없는 말을 던지고는 들고 있던 커피 잔을 내려놨다. 나는 엄마의 옆자리로 옮겨 앉았다. 소파 등받이에 머리를 비스듬히 대고 엄마와 눈높이를 맞췄다.

"엄마, 10년 전에도 비슷한 얘기를 했었는데. 기억나?"
"그랬나?"
"응, 작년에도 했고 재작년에도 했었어."

"그랬구나."

"그런데 엄마가 10년 후에도 10년만 젊었으면 좋겠다는 말을 할 거 같지 않아?"

"그러겠지?"

"그럼 10년 후의 엄마가 바라는 10년만 젊은 날이 오늘이겠네?"

"그러네?!"

"그날이 오늘이야."

엄마의 눈은 초롱초롱해졌다. 효과가 며칠이나 갈지는 모르겠지만 일단 성공이다. 엄마는 '내가 네 나이였으면…'이라는 푸념을 습관처럼 하곤 했다. '내 나이로 돌아간다면 무엇을 하고 싶어?'라고 되물으면 눈을 감고 즐거운 상상을 했다. 어디에 가고 무엇을 하고 누구를 만나고 새로운 걸 배워 보고 싶다고 들릴 듯 말 듯 작은 소리로 중얼거렸다.

이런 말은 주변에서도 심심치 않게 듣는다. 나이가 많으신 분들뿐만이 아니다. 사회 초년생들은 대학생 때가 좋았다고 하고 중학생들은 초등학생 때가 좋았다고 한다.

시간을 돌려 10년 전으로 돌아간다면 인생을 확 바꿀 수 있다고 생각하는 것 같다. 엄청나게 변화된 모습으로 살 수 있을 거라 기대하거나 지금처럼은 살지 않으리라 확신하는 듯하다. 어디서 나오는 자신감인지 모르겠지만 지금과는 다른 아주 멋진 '나'로 완전히 바뀐 인생을 살 수 있다고 믿는 듯하다.

10년 전의 나로 돌아가 보자. 지금보다 젊고 더 가능성이 많은 나이로 돌아가는 것까지는 좋다. 무엇이든 마음먹은 대로 인생을 리셋할 것 같지만 과연 그럴까. 나이가 리셋되면 나도 리셋된다.

살아오며 그때마다 필요한 것을 겪었다. 넘어지고 깨지고 아프게 깨닫기를 반복하며 겨우 지금에 도달해 알게 된 것들이 있다. 지금의 나는 그간의 시간 속에 쌓인 나름의 경험으로 얻어졌다. 10년 전의 나는 10년 동안 느끼고 배우고 실수하고 착각하고 도전하고 사랑하며 살아온 지금의 내가 아니다. 10년 전의 어리숙한 나일 것이다. 20년 전의 나는 더 어설펐다.

그때로 돌아가도 달라질 것은 없다. 지금 알고 있는 것을 그때는 몰랐으니까. 돌아간다 한들 똑같은 상황을 반복할 수밖에 없다. 그래서 역사는 반복되는 것 같다. 여전히 같은 생각, 같은 인성, 같은 태도를 가지고 세상을 살아가야 할 테니까.

편협한 시각으로 세상을 재단하고 오해에 질퍽거리며 내가 경험한 것만이 전부라 생각하고 인간관계에 부대끼며 감정에 사로잡혀 아우성치던 나는 그대로일 것이다. 후회되는 순간들, 아쉬운 지점들, 머릿속을 지우개로 박박 지워 버리고 싶은 날들이 있다. 엉망진창인 날들을 끌어안고 인정하고 이해할 수 있게 된 지금의 내가 여기 있다. 10년 전의 젊은 나보다 조금은 성장하고 성숙해진 내가 있다.

시간을 되돌리고 싶지 않은 사람이 어디 있겠는가. 시간을 되돌릴 필요가 없기에, 되돌려도 소용이 없기에 시간을 되돌릴 수 없는 건 아닐까. 돌아간다 한들 나는 비슷한 상황 속에서 비슷한 행동을 할 확률이 높을 테니까. 아무리 같은 시간을 원하는 만큼 반복해 주더라도 결과는 같을 테니까. 10년 전의 나는 지금보다 젊고 기력이 넘치겠지만 나의 내면도 10년 전의 상태일 테니까. 그래서 나는 10년 전의 나로 돌아가고 싶지 않다. 우리가 아무리 다시 리셋되어 다시 시작해도, 겪고 느끼고 배워야 하는 것들도 다시 시작해야 한다.

10년 후 나에게 말을 걸었다.
10년 후 내가 가장 후회할 것이 있다면 무엇일까.
20년 후 지금의 나를 보며 정말 아쉬운 것이 무엇일까.
내가 죽는 날에는 무엇이 제일 그리워질까.
10년 후의 내가 지금의 나에게 말을 건다면 어떻게 살라고 할까.

먼 훗날의 자책 섞인 후회를 뒤집을 수 있는 날이 오늘이다. 내가 이렇게 했더라면 좋았을 텐데 하는 아쉬움을 날려 버릴 수 있는 때가 지금이다. 바로 오늘이다.

어디로도 가고 싶지 않다. 이런 일이 일어났어야 했거나 일어나지 말았어야 했던 과거에 있고 싶지 않다. 이런 일이 있어야 하거나 있으면 안 된다고 하는 미래에 있고 싶지 않다. 이 순간인 지금에 있고 싶다.

과거나 미래 어떤 시점의 나를 질투하거나 안타까워하면서
지금을 낭비해 버리지 마라.
내가 '나' 일 수 있는 유일한 기회는 지금이다.
나는 현재와 하나 된 존재함의 기쁨이다.

먼 훗날의 자책 섞인 후회를 뒤집을 수 있는 날이 오늘이다.
내가 이렇게 했더라면 좋았을 텐데 하는
아쉬움을 날려 버릴 수 있는 때가 지금이다.
바로 오늘이다.

열다

대학생 시절 친구와 함께 다니던 교회가 있었다. 봉사에 관심이 많던 친구는 선교 봉사단에 자신의 이름과 함께 나의 이름까지 올려버렸다. 그 후 자의 반 타의 반 한 달에 두 번 고아원을 방문하게 되었다. 매번 아이들이 좋아할 만한 메뉴를 선정해 점심 식사를 준비해 갔다. 빨래나 청소를 도왔고, 아이들과 함께 식사하고 게임을 하며 시간을 보내기도 했다.

유독 고슴도치 같던 여학생이 있었다. 반갑게 인사를 하면 '너희는 또 왜 왔냐?'고 받아쳤고, 안부를 물으면 '네가 알아서 뭐 할 건데?'로 응수했다. 식사가 준비되었다고 부르면 식당에 나타나 자신의 음식에 침을 뱉고는 '동냥해 주면 기분 좋냐?'라고 툭툭거렸다. 그녀는 고등학생이었고 우리는 대학생이었으니 실제 나이 차이가 많지 않았다. 그녀는 내내 우리를 무시하기 위해 반말로 일관했다.

어느 날인가 그녀가 안 보였다. 문이란 문은 다 열어 보고 다녔다. 설마 이런 곳에 들어가 있을까 싶은 곳까지 뒤졌다. 그녀는 창고의 구석진 곳에 웅크리고 앉아 울고 있었다.

커다란 곰 인형 대신 무릎을 끌어안고 있는 모습은 영락없는 어린 소녀였다. 늘 머리를 한 대 쥐어박고 싶은 그녀였지만 안쓰러웠다. 무슨 일이냐고 물었더니 오늘이 자기 생일이란다.

"생일 선물로 뭐 받고 싶은 거 있어? 내가 사 줄게."
"언니가 사 줄 수 없어."

언니라니. '야', '너', '거기', '너희들'로 불렸던 내가 처음으로 언니로 불리는 순간이다. 정말 무슨 일이 있구나 싶었다.

"왜? 너무 비싸?"

무릎에 머리를 처박고 고개 들 생각을 안 한다.

"언니가 아르바이트해서라도 사 줄게. 뭔데? 얘기해 봐."
"언니가 못하는 거야."
"그래? 그게 뭐지?"
"내 생일에는 엄마랑 아빠랑 오거든. 1년에 한 번 보는 거야. 근데 오늘은 아무도 안 온대. 너무 바쁘대. 근데 앞으로도 계속 바쁠 것 같아."

충격적이었다. '고아인데, 아빠도 있고 엄마도 있다고? 고아는 부모 두 분 다 없는 게 고아 아닌가?' 아빠가 있고 엄마가 있는 고아는 상상해 본 적이 없었다. 나는 고아라는 단어에 갇혀 있었다. 그뿐인가. 고아에 대한 이미지, 선입견에도 갇혀 있었다. 우리에게 일부러 못되게 구는 걸 보면서 '쟤는 고아여서, 부모가 없어서 저렇게 못 배웠구나. 막돼먹었구나. 그럼 그렇지.' 하고 생각했었다.

그녀의 부모님은 이혼 후에 그녀를 고아원으로 보냈다. 부모님은 각자 다른 사람과 결혼해 가정을 꾸렸다. 두 분 모두 재혼한 가정에 자신의 존재를 숨기는 것 같다고 했다. 전화를 걸면 통화가 되지 않았고 문자를 보내면 어쩌다 답을 주었다고 했다. 1년에 단 하루, 그녀의 생일날 나타나 잠깐 얼굴을 보고 간다고 했다. 그들의 행복을 지키고 지금의 가정에 충실하기 위해 그녀는 투명 인간이 되어 고아원에 버려졌다. 말문이 막혔다. 그녀는 더 할 말이 있어 보였지만 하지 못했다. 울음이 말을 삼켜 버렸다. 내가 해 줄 수 있는 거라곤 그저 안아 주는 것밖에 없었다. 있는 힘껏 그녀를 안아 주었다.

세상이 정해 놓은 단어에 우리는 갇혀 산다. 이미 알고 있는 말이기에 제대로 알려 하지 않고, 항상 사용하는 말이기에 신경 쓰지 않는다. 많이 쓰는 말이기에 생각 없이 같이 쓴다. 자신이 만든 감옥에 스스로 가두고 있는 것임을 모르는 채.

어느샌가 맘충이란 단어가 생겼고 꼰대라는 말도 등장했다. 포털에는 '저보고 맘충이라고 하는데 제가 맘충인가요?'라고 묻는 게시글

186

을 쉽게 볼 수 있다. 자신이 맘충인지 아닌지 대중에게 의견을 구하고 그 단어에서 해방되기 위해 애를 쓴다. 심장이 약한 어른들은 습관처럼 '이런 말 하면 꼰대처럼 들릴 수도 있겠지만.'이라는 단서를 달고 그 단어의 덫을 피해 보려 한다. 노파심, 걱정, 우려, 진심 어린 충고, 애정의 잔소리와 같은 것들을 모두 싸잡아 꼰대의 헛소리로 만들어 버린다. 조그만 실수라도 하면 기다렸다는 듯이 단어를 갖다 씌운다. 그러고는 이렇게 말한다. '역시, 그럼 그렇지.'

작년 설 연휴, 그녀는 백일이 갓 넘은 아이를 안고 남편과 함께 찾아왔다. 결혼식장에서 인사만 했을 뿐 그녀의 남편과 대화를 나누기는 처음이다. 대화가 길어질수록 나는 점점 맘충스러워지고 꼰대스러워졌다. 그저 잘 됐으면 하는 마음에, 더 행복하길 바라는 마음에, 부모님께 못 받은 사랑을 지금이라도 충분히 받기 바라는 마음에 이놈의 입은 가만히 있지를 않았다. 마치 사위에게 세뇌라도 시키려는 듯 잔소리를 늘어놓는 장모님처럼 굴고 있었다. 마지못해 그녀가 나를 말렸다. 그리고 자신에게 마흔아홉 명의 엄마가 있었음을 내게 다시 알려 주었다.

마흔아홉 명. 고아원에 들어가 성인이 되어 그곳을 나오기까지 함께 먹고 자고 생활하며 그녀를 돌봐 주었던 사람들의 숫자다. 그녀의 엄마들이다. 가끔 이런 농담도 했다.

"언니는 엄마가 하나지? 나처럼 엄마가 많은 사람 있으면 나와 보라고 해."

실제로 그녀는 스스로를 엄청난 행운아라고 부른다. 자신의 뱃속에서 열 달 동안 키워서 낳은 것이 아님에도, 나랑 아무런 상관이 없는 사람인데도 먼저 다가와 나의 엄마가 되어 준 사람이 이렇게 많은데 이게 완전 대박 행운이 아니면 뭐냐고 내게 묻는다.

엄마가 많아서 그런가. 어느덧 엄마보다 더 엄마 같은 어른이 되어 버렸다. 어떤 방패막이도 없이 모질고 긴 방황기를 보냈다. 아니 살아남았다는 말이 더 정확할 것 같다. 그녀가 여덟 살부터 겪어 왔을 여정이 나는 가늠조차 되지 않는다. 세상은 불쌍한 고아, 버림받은 자, 못 가지고 없는 자, 불행한 자로 규정했지만 단어에 갇혀 있지 않았다.

우리는 상대를 단어 안에 더 단단히 가둬 두기 위해 총력을 쏟고 있지 않은가. 독설과 비꼼이 적절히 섞인 더 적합한 단어를 찾아 만들어 내고 있지는 않은가. 최면에 걸린 것처럼 단어를 갖다 붙이면 그것을 안다고 믿어 버리진 않은가. 사람과 상황에 꼬리표를 붙이고 태그를 걸어 재빨리 분류해 버리고 있지는 않은가. 그걸 영리하고 트렌디한 것이라 착각하지는 않는가.

한 사람을 안다는 것, 한 상황을 안다는 것은
불가능에 가깝다.
우리는 늘 말을 하고 있지만,
말로 설명할 수 없는 것이 거의 전부다.

세상이 정해 놓은 단어에 우리는 갇혀 산다.
이미 알고 있는 말이기에 제대로 알려 하지 않고
항상 사용하는 말이기에 신경 쓰지 않는다.
많이 쓰는 말이기에 생각 없이 같이 쓴다.
자신이 만든 감옥에 스스로 가두고 있는 것임을 모르는 채.

건너
가다

보송하니 푸르게 올라온 여린 잔디밭 위에서 아기가 이제 막 걸음마를 시작했다. 두 발로 서 있는 자신의 모습이 신기하고 대견한 모양이다. 주변 사람들에게 묘기라도 보여 주겠다는 듯 흥분에 차서 비명에 가까운 탄성을 질러댄다. 좌우로 갸우뚱거리며 몸의 중심을 맞추더니 이내 얼굴 가득 활짝 웃어 대며 장엄한 한 걸음을 내딛는다. 자신감이 솟아오르는지 동그란 눈을 치켜세우고는 100m 달리기를 할 마냥 몸을 앞으로 숙였다.

세상을 향한 첫 질주는 몇 걸음 만에 곧 엎어짐으로 끝났다. 그러고는 두리번거렸다. 엄마를 찾고 있었다. 엄마는 아기가 자기 힘으로 일어나기를 기다리는지 뒤에서 지켜보고 있었다. 아기는 엄마가 보이지 않자 이내 울음을 터뜨렸다. 엄마가 나타나자 언제 그랬냐는 듯 금세 울음을 멈췄다. 넘어져서 혹은 아파서 우는 건 아니다. 엄마가 보이지 않았기 때문이다. 엄마 앞으로 엉금엉금 기어가

더니 엄마의 무릎을 잡고 아기는 다시 일어났다. 5월의 잔디만큼이나 해맑게 웃고 있었다.

한때 엄마가 보이지 않으면 세상이 끝난 것만 같았다. 아기에게 엄마는 절대적인 존재이자 호흡과도 같다. 내게도 악몽 같은 날이 있었다. 길 한복판에서 엄마의 손을 놓쳤다. 아무리 둘러봐도 엄마는 보이지 않았다. 덜컥 겁이 났다. 곧 눈물이 나서 시야가 흐릿해졌다. 숨이 가빠지고 머리카락이 쭈뼛거리며 식은땀이 났다. 거리는 북적대는 사람들로 넘쳐났지만, 세상에 홀로 남겨진 듯했다. 어디로 가야 할지도 모르겠고 누구에게 말을 걸어야 할지도 몰랐다. 우두커니 서서 손등으로 콧물을 훔치며 울고 있는 내게 누군가 다가와 말을 걸었다.

"엄마를 잃어버렸니?"

대답도 못 하고 고개만 연신 끄덕였다.

"엄마가 곧 찾으러 올 거야. 그러니 움직이지 말고 어디 가지 말고 이 자리에 있어야 해. 여기 가만히 있으면 나타날 거야."

10분쯤 지났을까. 아저씨의 말처럼 엄마는 내 이름을 부르며 나타났다. 그제야 참고 있던 서러운 울음이 터져 나왔다. 그 후부터는 밖에 나갈 때면 엄마 손을 두 손으로 잡았다. 그때는 엄마 손을 놓으면 죽을 것만 같았다. 엄마만 있으면 무슨 일이 있어도 괜찮았고 웬만한 것은 견딜 만했다. 나는 엄마에게 동일화된 것이다. 어느 날부터인가 더 이상 엄마의 손을 잡지 않았다. 내가 엄마를 찾는 날보다 엄마가 나를 찾는 날이 많아졌고 엄마의 손보다 인형의 손을 잡는 날이 많아졌다. 엄마가 손을 잡으려 하면 오히려 뿌리치기 일쑤였다.

복슬복슬하고 커다란 곰 인형이 나의 '보물 1호'라는 사실은 동생의 눈에도 훤히 보였다. 당시 우리가 치고받고 싸울 때면 동생은 내 인형을 찾아 빼앗아 갔다. 그러면 나는 갑자기 전투력을 상실하고 미친 듯이 울어 댔다. 동생은 보란 듯이 인형을 마구 때렸다. 실제로 내가 맞는 것처럼 고통스럽고 아팠다. 당시 인형은 내 정체성의 일부였다.

곰 인형은 훗날 사람 모양의 인형으로 대체되었다. 하지만 그것도 잠시. 점차 성장할수록 관심을 끄는 흥밋거리는 다른 물건으로 옮겨 갔다. 그것은 옷이 되었고 친구가 되었고 자동차가 되었다. 때때로 물건이 되기도 했고 사람이 되기도 했다. 혹은 어떤 경험이나 지위, 연봉이나 타이틀이 되기도 했다. 나이가 들수록 더 얻기 힘들고 비싼 것으로 넘어갔다.

소유에서 오는 만족은 오래 지속되지 않았다. 얻는 순간의 기쁨은 영원할 것만 같지만 얼마 못 가 첫 느낌을 잃어버린다. 마음에 들어 산 옷은 시간이 지나면 촌스러워 보였고, 자동차를 살 때의 환희도 한 달이 채 안 되어 사라졌다. 소유의 대상이 사람일 때는 더욱 어렵고 복잡했다. 결과적으로 더 마음에 드는 무언가를 계속 찾아야 했다.

어린 시절 우리는 누구나 동일화된다. 그리고 거의 예외 없이 동일화는 다른 그 무엇으로 건너간다. 엄마는 나의 첫 번째 가교 역할을 해 주었다. 그 후 많은 것들로 대체되며 여기서 저기로 건너갈 때까지 징검다리 역할을 한다. 그것들 속에서 나 자신을 찾으려 시도했지만, 매번 실패로 돌아갔다.

새로운 것을 만나고 또 새로운 것을 찾는다.
필요한 것이 생기고 곧 필요가 없어진다.
원하는 것이 생기고 다시 원하지 않게 된다.
이게 아니면 안 될 것 같아도
시간이 지나 보면 그렇지 않은 것들이 많다.
그 사람이 아니면 죽을 것 같아도
내가 왜 그랬나 싶은 순간도 온다.
곰 인형이 더 이상 내게 보물이 아닌 것처럼 말이다.

어른이 될 때까지 혹은 어른이 되어서도 꼭 있어야만 했던 것들이 있다. 다음 단계로 넘어갈 때까지 집착하거나 동일화될 무언가가 필요한 때가 있다. 내게 맞는 것을 찾아가기 위한 방황의 과정일 수도 있고 다음 단계로 도약하기 위해 겪어야 하는 어리석음일 수도 있다. 잘한 선택도 있고 잘못된 선택도 있다. 자기에게 맞는 것을 찾기 위한 과정일 수도 있고 자신을 만나기 위한 여정일 수도 있다. 그렇게 세상 모든 엄마가 뱃속에서 10개월간 아기를 품고 세상으로 보내는 것처럼 우리는 모든 것과 이별과 만남을 반복한다.

소유가 나쁜 것이 아니다.
가진다는 것은 안정감을 준다.
편리함과 즐거움도 준다.
하지만 거기까지다.

이것이 최고다 싶었던 것도 시간이 지나면 더 좋은 것이 나타난다. 경험의 가치도 세상과 함께 변하고 성공의 기준도 시대마다 달라진다. 도덕의 잣대도 진화되고 우리가 추구하는 것도 언젠가는 끝이 있다.

있다가도 사라질 수 있는 것을 소유한다고 말할 수 있을까. 다만 가지고 잃어버리고 또 가지고 잊어버리고를 반복하다 보니, 닳아 없어지지도 잃어버리지도 잊어버리지도 않을 유일한 내 것이 가지고 싶어졌다. 내가 나를 갖고 있지 않음을 알았고 동시에 나는 나를 가지고 싶어졌다. 길 한복판에서 엄마를 잃어 울고 있던 나를 차분한 목소리로 진정시켜주었던 아저씨의 말이 귓가에 맴돈다.

"움직이지 말고 어디 가지 말고 이 자리에 있어야 해. 여기 가만히 있으면 나타날 거야."

움직일 필요가 없다. 어디 갈 필요도 없었다. 관계와 지위, 물건과 경험, 이득과 성취, 가지고 싶어 했던 것이 나의 존재 자체보다 우선이었다는 것을 알아차렸을 때, 내가 나타난다. 이미 누군가 만들어 놓은 틀, 그 틀이 규정하는 좋은 것을 얻기 위해 나를 스스로 얼마나 소모하고 있었는지 깨닫게 된다. 그리고 다시 묻게 된다.

내가 소유물을 얻기 위해 존재하는가.
아니면 나를 위해 소유물이 존재하는가.
내가 가진 것이 내게 주는 것이 많을까.
아니면 내게서 빼앗아 가는 것이 더 많을까.

소유하기 위해서 그것에 너무 많은 시간과 에너지를 빼앗겨 내게 집중할 기회를 놓쳤는지도 모르겠다. 소유가 너무 많기 때문에 그것을 관리하고 유지하기 위해 나를 들여다볼 시간이 없었는지도 모르겠다. 세상에 질질 끌려다니는 느낌은 내가 무언가 소유하려는 욕망이었다기보다 소유가 이미 나를 움켜잡고 흔들었던 탓이다.

소유가 나를 대신할 때 나는 나로서 존재할 수 없다. 소유로부터 자유로워질 때 내가 누구인지 알게 된다. 지금의 나에게 무엇이 필요한지 느끼게 된다. 세상 끝날까지 가지고 갈 수 있는 것은 나뿐이다.

고도로 살아 있음을 느끼며
자신을 진실하게 각성하며
생명이 있는 모든 것이 위대함을 아는 것보다
중요한 소유는 없다.

기다
리다

손대면 베일 것 같은 신경질적인 고음이 터져 나왔다. 앙칼진 칼날
에 찔린 양 카페에 있던 사람들 모두가 하던 일을 멈추고 음성의 근
원지를 찾아 두리번거렸다. 20대로 보이는 젊은 여성이 핸드폰을
먹어 버릴 것 같은 기세로 앉아 있었다. 남의 시선에 아랑곳하지
않고 자동 소총 갈겨 대듯 쉬지 않고 하고 싶은 말을 쏟아 냈다.

그녀의 연인으로 추정되는 '오빠'가 전화를 못 받았던 모양이다.
그녀가 자발적으로 공개한 내용은 한 시간 동안 마흔 번이 넘게 전
화했는데 '오빠'가 받지 않았다는 거다. '어떻게 나를 이렇게 기다
리게 만들 수 있느냐'는 분노와 '피치 못할 사정이 무엇인지 반드
시 알아야겠다'라는 그녀의 의지는 상대를 향한 추궁에서 끝나지
않았다. 연속적인 질타는 동행한 사람을 바꿔 보라는 확인의 절차
로 이어졌다.

핸드폰 전에 삐삐의 전성시대가 있었다. 한 손에 쏙 들어오는 작은 기계다. 화면에 자신을 호출하는 전화번호가 표시되면서 삐삐 소리가 나는 호출기였다. 삐삐는 수신만 할 수 있는 단방향이기는 했지만, 첫 무선 통신 기기로 엄청난 사랑을 받았다.

당시 청춘 남녀들은 유행하던 청바지에 삐삐를 꽂고 다녔다. 청바지 브랜드가 보이도록 일부러 허리춤에 연결한 금색 삐삐 줄은 그 당시 젊은이들에게 부의 상징이었다. 연인들에겐 사랑의 호출이었고 회사원에겐 상사의 호출이었고 남편에겐 빨리 들어오라는 부인의 호출이었다.

8282 빨리빨리, 1004 천사, 0024 영원히 사랑해 같은 암호가 유행이었다. 전화번호 뒤에 자신을 알리는 숫자를 덧붙이기도 했다. 친구는 전화번호 뒤에 007이 붙은 호출이 와서 확인해 보면 항상 아빠였다는 얘기를 했다. 그녀의 멋쟁이 아빠는 제임스 본드를 표방했다. 숫자로 마음을 압축하고 그것을 해석하고 알아맞히는 것은 단순한 재미 이상이었다. 고민하게 하고 상상하게 하고 표현하게 했다. 삐삐 단말기 화면에 찍히는 단 10개의 숫자는 우리를 그렇게 엮어 주었다.

삐삐 덕에 공중전화는 항상 긴 줄이 늘어서 있었다. 지갑에는 언제나 넉넉하게 공중전화 카드와 동전을 준비해야 했다. 계속 울려 대는 삐삐를 손에 쥐고 있으면 마음이 조급해진다. 발을 동동 구르며 급한 티를 내는 사람도 있었고, 앞사람의 뒤통수를 빤히 쳐다보며 빨리 전화를 끊으라는 텔레파시를 보내기도 했다. 수화기를 내려놓지 않는 이들 때문에 공중전화 앞에서 티격태격 말다툼도 잦았다. 공중전화를 전세 낸 듯 고집불통인 사람이 있으면 보물찾기 하듯 다른 공중전화를 찾아 나서야 했다.

호출하는 것도 응답하는 것도 그리 쉽지 않았다. 목적지를 향해 달리는 버스에서 중간에 내리기도 했고, 가던 길을 멈추고 지나쳐 온 공중전화로 뛰어가기도 했다. 한 번의 메시지를 보내기 위해 공중전화를 찾아 헤매야 했고 자신의 차례를 기다려야 했다. '누가 나를 부른 것일까?' 두근거리는 마음으로 네모난 다이얼 버튼을 눌러대고 상대의 음성을 기다렸다.

가장 낭만적인 파트는 따로 있다. 바로 음성 사서함이다. 상대의 삐삐 번호로 음성 메시지를 남길 수 있다. 나중에 듣게 될 상대를 떠올리며 말을 고르고 골라 한 문장을 만든다. 하늘에 수를 놓듯 하고 싶은 말에 정성을 담아 진심을 전달할 방법을 찾는다. 자신만의 독백을 누리고 나면 수화기 너머로 '메시지를 저장하시겠습니까?'라는 멘트가 나온다. '예'와 '아니요' 앞에서 망설이다가 녹음하고 지우기를 반복했던 것 같다. 마침내 음성이 저장되면 상대의 응답을 기대하며 다시 미지의 기다림으로 들어간다.

내게 남겨진 메시지를 들을 때면 그 일방적인 전달에 귀를 기울였다. 혹시 놓치고 제대로 못 들을까 걱정하며 바짝 수화기를 귀에 붙이고 한 손으로는 다른 귀를 막았다. 음성 사서함의 혼잣말에는

198

언제 어디서 만나자는 약속보다 고백, 후회, 원망, 사과, 미안함, 보고픔 같은 것들이 더 많았다.

아무리 급박하고 간절해도 실시간으로 소통이 이루어질 수 없었다. 운명처럼 반드시 시차가 존재했다. 다분히 기계적이지만 너무나 아날로그적이었던 삐삐다. 핸드폰이 등장하면서 삐삐 시대는 그렇게 막을 내렸다.

손가락 끝으로 살짝 두세 번의 터치만 하면 모든 사람과 연결된다. 쇼핑, 영화, 음악, 공유 안 되는 게 없다. 핸드폰만 있으면 무엇이든지 찾을 수 있고 확인할 수 있다. 모르는 것이 있을 때, 한 번 더 생각해 볼 필요가 없다. 검색만 하면 끝난다. 심지어 상대가 어디 있는지도 실시간으로 알 수 있다.

생각할 시간도 여백의 공간도 숨을 고를 여유도 없다. 머리에 떠오르는 대로 내뱉어 버린다. 원한다면 상대가 전화를 받을 때까지 무한대로 전화를 걸 수 있다. 상대가 반응할 때까지 메시지로 쉴 새 없이 감정을 쏟아 낼 수 있다. 상대가 내 메시지를 확인했는지, 지금 나에게 메시지를 보내는 중인지도 알 수 있다. 우리 손에 쥐어진 문명이 진화한 속도만큼이나 사람과 사람 사이의 공백과 기다림은 퇴행한 것만 같다.

무엇이든 빨리해야 직성이 풀리고 다음으로 넘어가야 하는 조급함이 관계를 망치고 있는 것은 아닐까. 기다림을 도태되는 것으로 착각하고 있었던 것은 아닐까. 내 마음대로 되지 않는다고 상대를 위축시키고 있는 것은 아닐까.

삐삐의 전성시대가 끝나면서 기다림도 같이 끝나 버린 건 아닌지 모르겠다. 호출하고 난 후의 필연적 기다림처럼 상대가 다가올 때까지 기다림이 필요하다. 내 기준이 아닌 상대의 기준에서 필요한 최소한의 시간 말이다.

기다림이란 상대에게 나를 맞추는 것이다. 나의 시간보다 상대방의 시간이 중요해질 때 기다림이 생긴다. 그래서 기다림은 사랑의 한 모습일지도 모른다.

'사랑은 오래 참고 사랑은 온유하며 투기하는 자가 되지 아니하며 사랑은 자랑하지 아니하며 교만하지 아니하며'

사랑을 설명하는 유명한 구절이다. 많은 설명 중에 왜 오래 참는 것이 가장 첫 번째로 등장하는지 궁금했었다. 고민 끝에 내린 결론은 이렇다. 제일 어렵기 때문이다.

사랑하는 자만이 오래 참을 수 있다.
사랑만이 끝까지 기다리게 한다.
누군가 당신을 오래 참아 준다면,
당신을 긴 시간 기다려 준다면,
단언컨대 그것은 사랑이다.

생각할 시간도 여백의 공간도 숨을 고를 여유도 없다.
상대가 반응할 때까지 메시지로 쉴 새 없이 감정을 쏟아 낼 수 있다.
상대가 내 메시지를 확인했는지
지금 나에게 메시지를 보내는 중인지도 알 수 있다.
우리 손에 쥐어진 문명이 진화한 속도만큼이나
사람과 사람 사이의 공백과 기다림은 퇴행한 것만 같다.

가지다

횡단보도 앞에서 신호 대기 중이었다. 사랑 충만한 코맹맹이 소리에 내 코도 간질간질 막혀 온다. 옆에 서 있는 커플은 마스크를 쓰고도 세상 행복하다. 눈에는 잔뜩 애교가 올라와 있다. 손을 맞잡고 몸을 연신 좌우로 흔들어 댄다. 신이 났다.

"자기는 내 거야~."

이 얼마나 내 귀에 캔디처럼 달달한 멘트인가. '그는 네 것이 아니며 네 것이 될 수도 없고 네 것이 되어서도 안 된다.'라고 말하고 싶었지만 꾹 참았다. 그들은 아직 핑크빛 환상을 가질 자격이 있다.

사람을 향한 '내 것'이라는 표현을 들으면 떠오르는 설화가 있다. 선녀와 나무꾼이다. 하늘에서 내려온 선녀와 나무꾼이 짝이 되었다가 영원히 이별했다는 가슴 아픈 전래 동화지만 내면을 들여다

보면 사뭇 다르다.

아주 먼 옛날 나무꾼이 홀어머니를 모시고 살았다. 어느 날 사냥꾼에게 쫓기던 사슴을 구해 준 나무꾼은 사슴의 보답으로 듣도 보도 못한 정보를 제공받게 된다. 선녀들이 내려와 목욕한다는 장소 정보와 선녀 옷을 숨기면 하늘로 올라가지 못하니 데려다 아내로 삼으면 된다는 꿀팁이었다. 나무꾼은 선녀의 옷을 숨기는 데 성공했다. 그리고 옷이 없어 하늘로 가지 못해 홀로 남아 울고 있는 막내 선녀를 데려왔다. 아내로 삼고 아이 둘을 낳았다.

요즘 같은 세상에는 있을 수도 없는 일이다. 선녀의 목욕을 몰래 훔쳐봤으니 관음죄에 해당하고, 옷을 훔쳤으니 절도죄에 속하며, 하늘로 올라갈 수 없도록 옷을 돌려주지 않고 일정한 장소에 머물게 했으니 감금죄가 성립될 수 있다. 물론 모든 정보와 방법을 제공한 사슴도 공범이다. 개인적으로 없어져야 할 첫 번째 전래 동화라고 생각한다.

한국민속문학사전에도 이 설화가 수록된 것을 보면, 누군가를 내 것으로 갖고 싶은 마음은 꽤나 유래가 깊은 모양이다. 사랑하는 상대를 소유하고 싶은 마음, 변함없이 나만 바라봐 주기를 원하는 마음은 예나 지금이나 같다. 내 것이기에 더 아낌없이 사랑할 수 있지만, 아닌 경우도 많다.

내 것은 나의 소유물이며, 내 뜻에 따라 움직여져야 하고, 내 마음대로 할 수 있다는 것을 전제한다. 상대에게 내 뜻을 관철하고 내 마음대로 움직이려 하는 것을 사랑이라 말하기는 어려울 것 같다. 사랑한다는 이유로 사람에게 자행되고 묵인되는 비인격적인 행동도 얼마나 많은가. 내 자식, 내 새끼, 내 것이라는 생각에 그 많은 어머니가 자녀를 결혼시킬 때마다 한복 배틀로 기 싸움을 벌이지 않는가. 헤어진 연인을 찾아가고, 사랑싸움으로 치부할 수 없는 심각한 범죄가 난무하지 않는가. 상대의 의견은 무시하고 자기 뜻대로 하며 곁에 두려는 소유욕이 그 시작이다.

흔히 우리가 사랑이라고 부르는 것은 긍정적인 감정에 소유욕이 섞여 있다. 그렇기에 어떤 계기로 그 반대의 상태로 한순간에 변할 수 있다. 사랑에 더해지는 기대는 아름답게 포장된 미래가 합산된다. 기대에 어긋나는 순간 그것은 실망과 비관으로 변해 버린다. 사랑과 지지는 오늘 나에게 행복과 활기를 선사하지만, 내일은 낙담과 슬픔을 안겨 준다.

나를 행복하게 해 줄 누군가를 찾고 있는가. 이상형을 만나면 더이상 방황하지 않을 거라 자신하는가. 그런 기대는 대부분 절망으로 변한다. 사람이 사람에게 행복을 줄 수 없기 때문이 아니다. 행복을 밖에서 찾으려는 시도는 실패할 확률이 높기 때문이다. 누군가가 나를 만족시켜 주고 무언가가 나를 행복하게 해 줄 거란 기대를 내려놓으면 자신이 만들어 내는 고통의 순환을 끊을 수 있다. 사랑이라는 이름으로 상대에게 불합리한 요구를 들이대거나 불필요한 억지로 상대를 갈등에 몰아넣지 않게 된다.

사람도 사물도 지식도 가질 수 없다. 무엇도 완벽하게 내 것일 수 없다. 순간순간 소유한 듯 보일 뿐이다. 모든 것은 영원히 가변적이다. 변치 않을 것 같은 우정도 갈등으로 산산이 조각날 수 있고 배워 알고 있는 지식도 체화하지 않으면 금방 잊어버린다. 새로 알아야 할 정보와 지식은 쏟아지지만, 무엇이 내게 필요한 것인지, 무엇이 버려야 할 지식인지 구분이 안 된다. 갖고 있는 물건은 쓰임을 다하면 사라지는 소모품이다. 언제 어디서 잃어버렸는지 모르는 선글라스와 스카프가 한두 개가 아니다.

그런데도 우리는 끊임없이 갖고 싶다. 휴대폰을 산 지 얼마 안 되었어도 신형 모델이 출시되면 괜히 한번 들여다본다. 조금 크거나 다소 빠르거나 약간 새로우면 갖고 싶은 충동이 일어난다. 옷이 빼곡한 옷장 문을 열고도 입을 것이 없다고 푸념하는 불가사의가 일어난다. 냉장고 안은 무언가로 가득하지만, 막상 문을 열면 먹을 게 없다. 풍요 속 빈곤의 현장이다. 이것을 가지면 행복해질 거라는 환상을 가지고 있지만 찰나이다. 바라던 대학에 합격하고 원하던 회사에 취업해도 그때뿐이다. 무언가를 성취하여 오는 기쁨도 잠시다. 누군가의 관심도 잠시의 소유일 뿐이다. 한순간에 사라져 버린다.

온전히 가질 수 있는 것은 단 하나다. 나는 '나'를 가질 수 있을 뿐이다. 시간도 공간도 흘러간다. 우리를 둘러싼 사물과 우리가 알고 있는 개념들도 변해간다. 내 인생 외에는 내 것이 될 수 없다. 모든 것은 그저 같은 시공간에 잠시 함께 있을 뿐이다. '가짐'으로 표현

가능한 주제는 당신의 인생뿐이다. '가짐'으로 이해 가능한 주제는 당신의 삶뿐이다.

스스로를 가진 두 주체가 만나면 자신을 잃어버리지 않고 상대에게 집착하지 않을 수 있다. 사랑이 소유의 대상이 아니라는 것을 알면 상대의 조건에 물들지 않고 사랑할 수 있다.

자신의 욕망을 상대에게 강요하는 것을 멈출 때, 나의 불안감을 감추기 위해 상대에게 책임을 묻는 것을 중단할 때, 사랑이라는 힘이 당신을 통해 얼마나 강렬하게 세상으로 쏟아지는지 느낄 수 있을 것이다.

온전히 가질 수 있는 것은 단 하나다.
나는 '나'를 가질 수 있을 뿐이다.
시간도 공간도 흘러간다.
우리를 둘러싼 사물과 우리가 알고 있는 개념들도 변해간다.
내 인생 외에는 내 것이 될 수 없다.

받다

눈을 떴다. 고요한 평화다. 블라인드 사이를 비집고 들어온 아침 햇살이 천장에 펼쳐져 있다. 이름 모를 새들이 지저귄다. 창문으로 들어오는 바람이 방 안에 가득 찼다. 바스락거리는 이불 끝을 발가락으로 꼼지락대며 게으름을 피웠다. 내 움직임을 따라 먼지들이 떠다닌다. 무중력의 별처럼 허공에 부유한다.

무수히 많은 밤, 천장을 바라보고 내뱉은 자책과 희망도 함께 떠다닌다. 현실과 피해 의식이 희석된 경계에서 울고 웃던 내가 새겨져 있다. 텅 빈 천장 위에 꿈같은 상상을 그리고 지우고를 반복했던 내가 보였다. 살아 숨 쉬고 있는 '기적'이 일어나고 있는 내가 보였다. 운무처럼 피어 있던 모든 질문은 사라졌다.

문제도 많고 실수도 많았다. 앞으로도 좋은 날만 있지 않다는 것도 안다. 혼자 힘으로 버텨 나가야 할 것들이 여전히 있을 거다. 혼자가 좋아서 혼자가 되었지만 난 혼자가 아니다. 내가 내가 되기 위해서 무언의 영감이 되어 주고 한줄기 섬광처럼 빛이 되어 준 사람들이 있다. 내가 나일 수 있도록 버팀목이 되어 주고 보이지 않는 바탕이 되어 준 사람들이 있다. 단 몇 초의 만남으로 끝난 인연도 있었고 공기처럼 보이지 않게 곁에 있는 인연도 있었다.

눈을 감고 회상하면 알게 모르게 받아 온 잊지 못할 도움들이 떠오른다. 도와달라는 말도 할 줄 모르는 바보였지만 나는 무수한 도움을 받았다. 인생을 통째로 바꿀 만큼 크고 충격적인 일이 아니었을지언정 입가에 미소를 되찾게 하는 사람들이 있다. 주변을 유심히 둘러보면 공기처럼 어디에든 사랑이 있다.

캐나다에 있었을 때다. 매장 마감 시간이 다 되어 가는 늦은 저녁, 지친 몸을 이끌고 마트에 들어갔다. 그날의 저녁거리와 음료를 장바구니에 담았다. 하나만 남아 있는 계산대에는 줄이 길게 늘어서 있다. 내 차례다. 조금 전까지 멀쩡하던 내 카드는 여러 번의 시도에도 작동되지 않았다. 현금을 찾아봤지만, 지갑에는 동전밖에 없었다. 뒤로 늘어선 사람들을 의식하고 있던 나는 물건을 제자리에 두고 오겠다 했다. 저녁은 영락없이 굶어야겠다고 생각했던 찰나였다. 내 뒤에 서 있던 할머니는 자신이 계산하겠다며 캐셔에게 자신의 카드를 건넸다. 2만 원이 채 안 되는 금액이었지만 난 받을 수 없다며 극구 사양했다. 그녀는 내 장바구니에 든 물건을 쇼핑백에 옮겨 담았다. 감사하다는 말을 여러 번 반복하고 있는 내게 "My pleasure."라는 말과 함께 2천만 원짜리 미소를 보냈다. 그 미소는 다음 날 아침까지 나를 가슴 벅차게 했다.

스타벅스 드라이브스루에서 커피를 주문하기 위해 기다리고 있었다. 순서가 되어 주문하려고 입을 떼려는 순간, 종업원은 느닷없이 내 손에 커피부터 들려 준다. 앞차 운전자가 자신의 커피를 주문하면서 뒤에 있는 내 것까지 계산한 것이다. 감사 인사를 전하고 싶어 뒤늦게 앞차의 꽁무니를 따라갔지만 결국 놓쳤다.

영국 런던에서 오페라를 볼 기회가 생겼다. 여행 경비가 부족했던 나는 마음속으로 계산을 했다. 이틀 동안 빵과 물만 먹으면 되겠다 싶었다. 제일 싼 가격의 티켓을 구매하고 입장했다. 극장 안에는 영화 속 주인공처럼 드레스 코드에 맞춰 입고 나온 신사 숙녀들이 즐비했다. 내 좌석은 기둥 뒤였다. 어떻게 하면 무대가 더 잘 보일지 궁리하며 요리조리 상체를 움직이며 고개의 각도를 재고 있었다. 턱시도를 입은 어떤 신사분이 말을 건다. 자신은 이미 두 번이나 같은 오페라를 봤고, 앞으로도 볼 기회가 또 있을 것이라며 나를 위해 자리를 바꿔 주겠다 했다. 청바지에 티셔츠를 입고 내 몸체만 한 배낭을 끼고 있는 나는 누가 봐도 동양에서 온 배낭여행객 같아 보였을 테다. 괜찮다는 말을 꺼내기도 전에 그 신사분은 내 몸체만 한 배낭을 집어 들더니 함께 온 가족들이 있는 맨 앞자리로 안내했다.

한밤중에 경부 고속 도로에서 타이어가 펑크 났다. 1차선에서 신나게 달리던 차는 들썩이더니 컴퓨터 종료 버튼을 누를 때 들을 법한 소리를 내기 시작했다. 시속 100km 이상으로 달리는 차들을 피해 맨 오른쪽 차선으로 천천히 움직였다. 식은땀이 흘렀다. 비상등을 켜고 털털거리는 차에게 아직 멈추면 안 된다고 소리쳤다. 가드레일에 닿을 때쯤 차는 완전히 멈춰 섰다. 가슴을 쓸어내리고 차량 상태를 보기 위해 차에서 내렸다. 그제야 다른 차가 뒤에 있는 걸 발견했다. 내 차에 문제가 생긴 걸 알고 나를 따라와 준 것이다. 그 이름 모를 커플은 보험사 직원이 나타날 때까지 내 곁을 떠나지 않았다.

프랑스의 지하철은 전혀 낭만적이지 않다. 공항에서 바로 지하철로 들어온 나는 엘리베이터도 없고 에스컬레이터도 없던 미로 같은 지하도에서 헤매고 또 헤맸다. 두 번의 비행기 환승으로 체력은 고갈된 상태다. 연속되는 계단에 현기증이 났다. 양손으로 캐리어를 움켜잡고 계단 한 칸 올라갈 때마다 눈물이 날 지경이었다. 지나가던 남자 두 명이 말도 없이 캐리어를 낚아채 지상까지 옮겨 주었다. 그들의 뒤통수에 대고 큰절을 할 뻔했다.

편의점 삼각김밥으로 삼시 세끼를 때우던 시절이 있었다. 학업과 업무에 파묻혀 나도 잊어버리고 있었던 생일날, 친구는 임신한 몸으로 미역국을 끓여 보온병에 담아 찾아왔다. 내가 독거노인으로 홀로 늙어 죽을까 봐 나의 노후를 위해 적금을 들고 있는 동생도 있다. 나보다 더 내 통장 잔고를 걱정하며 시어머니에게서도 들을 수 없는 잔소리를 요즘도 매일같이 하고 있다.

우리에게는 이런 단편의 조각들이 있다. 지금껏 외롭고 힘들었던 날들도 많았지만, 항상 그것만 있었던 것은 아니다. 사기와 배신을 당하기도 하고 눈물을 삼키고 가슴이 찢어지는 일도 있지만 생각해 보면 감사할 일이 더 많다. 모든 일은 나 혼자서 해낸 것 같고 내 힘으로 버티고 성취한 것 같지만 그렇지 않다. 홀로 이 길을 걸어온 것 같지만, 이겨내고 넘어야만 했던 그 많은 순간에 우리가 기억 못 할 수많은 사람의 도움과 응원이 있었다.

한 걸음도 더 못 나갈 것 같은 순간에 대신 한 걸음이 되어 준 사람들이 있다.

당신이 혼자인 것 같지만 결코 혼자가 아니다. 그 조각들이 모여 당신이 당신일 수 있는 바탕이 되어 주었다. 누군가의 삶에 희망을 잃지 않을 수 있는 작은 조각이 되어 준다는 것은 얼마나 위대한가. 사소한 것 같지만 결코 사소하지 않다.

니체가 말한 것처럼 고요히 생각해 보라.

행복을 위해서는, 행복해지는 데는,
얼마나 작은 것으로도 충분한가!
더할 나위 없이 작은 것, 가장 미미한 것, 가장 가벼운 것,
도마뱀의 바스락거림, 한 줄기 미풍, 찰나의 느낌, 순간의 눈빛.
이 작은 것들이 최고의 행복에 이르게 해 준다. 고요하라.

문제도 많고 실수도 많았다.
앞으로도 좋은 날만 있지 않다는 것도 안다.
혼자 힘으로 버텨 나가야 할 것들이 여전히 있을 거다.
혼자가 좋아서 혼자가 되었지만
난 혼자가 아니다.
내가 내가 되기 위해서 무언의 영감이 되어 주고
한줄기 섬광처럼 빛이 되어 준 사람들이 있다.
내가 나일 수 있도록
버팀목이 되어 주고 보이지 않는 바탕이 되어 준 사람들이 있다.

살다

제자에게서 전화가 왔다. 내 목소리를 들은 제자는 서럽게 울기 시
작했다. 대학 졸업반이라 진로로 고심이 깊었던 모양이다. 몇 명이
함께 찾아오고 싶단다. 학생들을 외부에서 만나지 않는다는 것이
나의 원칙이었지만 그날만큼은 예외로 두었다.

강의가 끝나면 마지막까지 남아 아무도 없는 것을 확인하고 내게
다가오곤 했었다. 그때마다 제대로 말도 꺼내지 못하고 머뭇거리
다가 사라졌다. 스펙도 나쁘지 않고 열성적으로 취업 준비를 하던
학생이다. 면접을 보는 곳마다 떨어져 내심 마음이 쓰이고 있던 참
이었다.

약속 장소로 가는 길이다. 제자들보다 더 엉망진창이었던 그 시절
의 내 모습이 떠올랐다. 비틀거리고 거들먹거리고 버벅대고 오락
가락하면서도 누구 하나 찾아가 물어볼 사람이 없었다. 고작 할 수

214

있는 거라곤 아파트 옥상에 올라가 미친 사람처럼 울음이 터져 나올 때까지, 목이 쉬어 더 이상 소리를 지를 수 없을 때까지 소리를 지르는 거였다. 제자들에게 나는 예전에 내게 필요했던 얘기를 들려주었다.

"세 가지를 말해 주고 싶어. 먼저 이것을 알았으면 좋겠어. 이것이 맞는다고 생각하는 것도 시간이 지나면 아닌 것이 있어. 또 이건 아니라고 생각한 것도 맞을 수 있지. 정답이란 없다는 거야. 성공하고 제대로 잘 산 인생이란 '이것이다.'라는 정답은 없어. 성공의 기준도 네가 정하는 거고 그에 따른 답도 다 다른 거지.

너희가 보기엔 어른들이 다 아는 것처럼 보이지만 사실은 그렇지 않아. 너희들이 성장하는 것처럼 다 성장하는 중이지. 나이가 들어도 실수하고 넘어지고 아파하고 실패할까 두려워해. 너희가 그런 것처럼 너희 부모도 그렇고 나도 그래. 단지 더 많은 실수의 경험을 가진 것뿐이지. 뭔가 공개적으로 큰 실수나 실패를 했을 때, 다들 너만 쳐다보는 것 같을 거야. 그럴 땐 이 사실을 기억해. 대부분 인간은 자아도취에 빠진 바보야. 그래서 잠깐은 너를 씹어 댈지도 몰라. 그런 사람들은 그래야만 본인의 문제를 외면할 수 있거든. 그 순간이 지나면 언제 그랬냐는 듯 너를 잊어버리고 자기들의 똥덩어리에 다시 처박힐 거야. 그러니 신경 쓰지 마.

문제는 '네가 실수로부터 무엇을 배우고 있는가?'야. 혼란스러워 할 필요 없어. 아무리 실수를 한다 해도 세상은 끝나지 않아. 투덜

거리고 앓는 소리 하면서 주저앉아 있지 마. 남 탓하지도 말고 자신에게 손가락질하면서 스스로 갉아먹지도 마. 혹은 아무렇지도 않다는 듯이 쿨한 척도 할 필요 없어. 최대한 객관적으로 문제를 바라봐. 그리고 똑같은 실수를 하지 않기 위해서 무엇이 필요한지에만 집중해.

그리고 남과 비교하지 마. 네가 괜찮은 사람인지 끊임없이 남과 비교해서 확인하려 하지 마. 그건 너의 기준이 남이 되어 버리는 것이거든. 남들 눈에 잘 보이려 하는 것은 결국 남을 위해서 사는 꼴이 되는 거야. 그러다 보면 네가 원하는 것이 아닌 남이 원하는 것을 따라가게 돼. 결국 네 인생의 목적이 남들보다 우위에 서기 위함이 되는 거지. 그게 비교의 늪에서 나와야 하는 이유야.

너의 주권을, 너의 인생을 모르는 타인에게 넘기지 마. 스스로 노예가 되는 삶을 살지 마. 네 인생을 남이 판단하게 두지 마. 마찬가지로 너희도 남의 인생을 판단하지 마. 한 사람의 인생은 어떤 기준이나 말에 의해 규정할 수 있는 것이 아니야. 자신의 삶을 존중할 수 있는 사람만이 타인의 삶도 존중할 수 있어. 네가 존중하는 만큼 너도 존중받게 될 거야.

빨주노초파남보의 색깔이 있잖아. 무슨 색이 좋은 색이고 무슨 색이 나쁜 색이라고 말할 수 있을까. 파란색이 노란색보다 월등한 색일까. 흰색이 빨간색보다 열등한 색일까. 옳고 그름이 없어. 그냥 다른 색일 뿐이야.

남의 시선을 받기 위해서 네 인생을 낭비하지 마. 네 인생을 즐기고 네가 좋아하는 것들을 느끼고 네가 성취하고 싶은 것들을 위해서 시도해 봐. 남과 너를 비교하지 말고, 어제의 너와 오늘의 너를 비교해 봐. 어제보다 무엇이 나아졌는지를 생각해. 어제까지 못 하던 것 중에 오늘 네가 무언가 해낸 것이 있다면 그걸로 충분해. 그걸로 충분히 잘한 거야. 그것이 바로 눈앞에 결과물로 나타나지 않을지라도 조급해하지 마. 시간이 지나면 점점 네가 나아진다는 것을 깨닫게 될 거야.

마지막으로 최선을 다해. 취업과 일에 대해서 혹은 진로와 미래에 대해서 머리가 복잡할 거야. 네 생각 속에서 계속 헤매고 있다는 걸 알아. 원하는 직장에 들어갈 수도 있고, 어쩔 수 없이 차선책을 선택할 수도 있어. 간절했던 직장에 들어가서도 적성에 맞지 않아 제 발로 나올 수 있고, 마음에 들지 않았던 직장에서도 새로운 길을 찾을 수 있어. 더 이상 정년이 보장되는 시대도 아니지. 취업했다고 끝난 게 아니라는 거야.

직장 내에서도 예기치 않은 갈등을 만나게 될 거야. 그걸 하나씩 풀어 가는 것도 쉽지 않을 거야. 당장 현실이 마음에 들지 않을지라도 인간관계도 일도 하나하나 풀어 가면서 너를 만들어 가. 네가 처한 상황에서 최선을 선택하면 돼. 그렇게 실력이 쌓이면 최선의 것이 너를 선택하게 될 거야.

내가 최선을 다하라는 말은 죽을 것처럼 모든 노력을 다 쏟아 내고 지금을 희생하라는 말이 아니야. 왜 이것밖에 못 하냐면서 스스로를 몰아붙이라는 것이 아니야. 너희는 아직 이것이 가슴에 와 닿지 않겠지만 우리가 봄날의 벚꽃을 만날 수 있는 횟수는 이미 정해져 있어. 게다가 앞으로 몇 번을 더 만날 수 있을지도 모르고 살지.

현재 지금 이 순간을 살아야 해. 매 순간 그 매 순간을 살아. 우리는 생각보다 많은 시간을 과거나 미래에서 보내. 그때 이렇게 해야 했었다는 후회 때문에 과거에 잡혀 있고, 아직 일어나지도 않은 일들을 걱정하면서 미래에 저당 잡혀 살고 있어.

그렇기에 무엇을 해야겠다고 마음을 먹었다면 그것을 하는 중에는 완전히 그것에만 집중해야 해. 무슨 일이든 맡은 일이 있다면, 해야만 하는 것이 있다면 최선을 다해서 해. 네가 '무슨 일을 하느냐'보다 항상 중요한 건 네가 '어떻게 하고 있느냐'야. 일의 종류를 떠나서 좋든 싫든 최선을 다하는 중에 너를 이해하게 될 거야. 네가 무엇이 맞고 안 맞는지, 무엇이 부족하고 무엇을 잘하는지, 언제 가슴이 뛰는지, 네가 어떤 사람인지, 무엇을 할 때 네가 살아 있음을 느끼는지.

살다 보면 무기력해지거나 피곤하고 지쳐서 다 놓아 버리고 싶은 날도 올 거야. 그럴 때는 최선을 다해서 쉬어. 쉬는 것에 완전히 집중하는 거지. 누군가를 사랑하게 된다면 최선을 다해서 사랑해. 머릿속으로 계산하거나 쭈뼛거리며 망설이지 말고. 그렇게 오늘이 마지막인 것처럼 최선을 다해. 미련 없이 후회 없이 해 보는 거야.

너의 있는 그대로의 모습을 보여 줘. 최고가 될 필요도 없고 최상이 되려 하지도 마. 그냥 최선을 다해서 너로 살아. '이게 되겠어?'라는 생각이 들 수도, '이제 끝났구나.'라는 생각이 찾아올 때도 있을 거야.

아무리 망가지고 다시 일어날 수 없을 것처럼 보일지라도 여전히 많은 것이 가능하다는 점을 잊지 마. 네가 숨을 쉬고 있다는 것은 다시 시작할 수 있다는 뜻이야. 네가 너를 잊지 않는다면 설사 무너져도 다시 일어날 수 있어. 다른 모든 것은 잃어버려도 너를 잃어버리면 안 돼. 나는 너희가 나보다도 더 잘 해내리라 믿는다."

제자들에게 말을 하던 도중 문득 그런 생각이 들었다. 아직도 어른이 되어 가고 있는 나를 위한 이야기이기도 하다는 걸.

투명
하다

때아닌 눈이 내린 날, 차량이 통제되기 전 운 좋게 한라산 자락을 올랐다. 봄의 길목에서 뽀드득 밟히는 야무진 눈 소리를 들었다. 온통 하얗게 뒤덮인 산자락을 따라 능선의 자태가 드러나 있다. 계곡의 깊은 골짜기도 드러나고 앙상한 나뭇가지만 남은 빼곡한 나무들이 서로를 응시하고 있다.

민낯이 드러난 산은 그대로의 모습으로 당당하다. 퍼석하게 마른 나무줄기마다 눈송이들이 제주의 오름처럼 부드럽고 얌전히 내려앉아 있다. 그 한가운데에 핏빛처럼 선명한 동백이 피어 있다. 겨울에 반해 버린 장면이다.

소록소록 흰 눈이 소리 없이 내리더니 눈꽃은 어느새 산을 바다로 만들어 버렸다. 깊은 바닷속에서 만나는 하얀 산호초처럼 피어났다. 화려함보다 선명한 숭고함으로 봄날의 꽃들을 압도해 버린다.

현미경을 들이대듯 눈꽃에 최대한 가까이 눈을 마주하고 있었다. 미세하게 물방울이 맺히며 눈꽃이 살며시 녹아내린다. 눈꽃에 취해 있는 사이, 동행한 언니는 조금 전에 산 것이라며 내 입에 감귤 초콜릿을 욱여넣었다. 달콤쌉싸름한 초콜릿 맛과 새콤하니 상쾌한 감귤 향이 입안 가득 퍼졌다. 씹어 먹지 말라는 언니의 당부에 가만히 머금고 있었다. 입안 온기에 녹아내린 초콜릿은 봄에 만난 눈꽃처럼 그저 아깝기만 했다.

유독 봄의 기운은 사람을 들뜨게 한다. 생동하는 만물을 담은 봄만큼 싱그러운 것이 또 있을까. 움츠러들었던 세포들이 하나둘 기지개를 켠다. 새싹처럼 돋아나는 봄이 가면 짙은 녹색의 정취를 뽐내는 싱싱한 여름이 온다. 톤 다운된 장밋빛의 로맨틱한 깊은 가을이 지나가면 흑백의 고독과 운치가 묻어나는 겨울이 온다. 사계의 정취는 무엇이 먼저랄 것 없이 하나같이 아름답다는 말 이외에는 표현할 길이 없다. 삶이 사계절을 닮은 탓일까. 일생의 섭리를 정연하면서도 비범하게 보여 준다.

그럼에도 불구하고 겨울은 인생을 대변하는 계절이다. 꽃길만 걸을 수 없는 인생의 본질을 말없이 나타낸다. 봄의 피어남을 지나 여름의 무성함을 거쳐 가을의 깊어짐의 끝에 텅 빈 공간의 겨울을 만난다. 사계절을 품고 겨울에 도달한 사람에게는 세월을 견딘 의연함이 뚜렷이 남는다. 어떠한 포장 없이도 섬세하고 아무 사심 없이도 담대하다. 긴 침묵으로 한 해 동안 견뎌 낸 땅의 상처와 아픔을 흰 눈이 가만히 덮는 것처럼, 길들지 않는 야생의 만물이 숨죽인 설경 위에서도 홀로 봄빛을 담아 능히 피는 동백처럼, 삶은 쓰면서도 달콤하다. 인생보다 더 인생을 표명하는 계절이다.

언니는 겨울이 춥고 쓸쓸하다 한다. 하지만 겨울엔 우거진 숲에서 잘 보이지 않던 것들이 드러난다. 곳곳에 얼룩과 상처도 보이고, 주름진 등선과 거친 계곡의 속살을 볼 수 있다. 있는 그대로 내가 나를 만날 수 있을 만큼 고독할 수 있고 타인을 끌어안아 온기를 느낄 만큼 가까워질 수 있는 때다.

내가 만난 인연 중에 꼭 겨울 같은 사람이 있다. 자신이 진정으로 누구인지 그는 알고 있다. 그럴싸해 보이는 어떤 형용사나 수식어 없이도 평화롭고 투명했다. 열 마디의 말 대신 하나의 행동으로 움직인다. 핑계도 변명도 없다. 흙과 바람이 일러 주는 지혜를 들을 줄 아는 사람이다. 정규 학업의 배움이 없이도 몸의 노동으로 철학을 피웠다. 어떤 책에서도 만날 수 없는 깊이감이다.

어른인 척하지 않는 어른이다. 진정한 자존과 겸손이 어우러져 세상의 기준에서 초연했다. 자신도 타인도 한계에 가두지 않는다. 자신의 존재에 뿌리를 내리고 삼라만상이 있는 그대로 존재할 수 있도록 돕는다. 사색의 깊이에서 오는 연륜은 날이 갈수록 자연스러움에 즐거움을 더하고 있었다.

그를 만나면 어깨에 뭉쳐 있는 불필요한 힘이 빠진다. 칼칼하니 목에 쓸려 다니는 모래가 말끔히 씻겨 내려간 기분이다. 그는 춤을 출 줄 몰랐지만 분명 춤을 추고 있다. 자유롭고 편안하며 경쾌한 자신만의 춤을.

아른거리는 눈꽃을 뒤로하고 산에서 내려왔다. 언니는 감귤 초콜릿을 몇 박스 더 샀다. 역시나 내 입에 초콜릿을 또 욱여넣는다. 나도 그처럼 나만의 춤을 출 수 있을 때, 백발이 성성하게 오른 머리를 쓸어 올리고 다시 오리라. 내가 완전히 나인 나로 눈꽃을 만나러 다시 오리라. 나를 돌아보게 하는 겨울은 해마다 더 깊어진다.

초콜릿은 입에서 녹고 눈꽃은 마음에서 녹는다.

발견
하다

"혜진아. 내일 뭐 해? 우리 만날까?"

"나 내일 애들이랑 영화 보러 가기로 했어."

"그래? 무슨 영화?"

"유주얼 서스펙트."

"아, 그거! 절름발이가 범인이야!"

"야! 씨…"

입에서 욕이 튀어나오기도 전에 친구는 전화를 끊어 버렸다. 키득
거리며 빠르게 외치던 두 단어 '절름발이가 범인'은 뇌리에 박혔
다. 다음 날은 악몽 같았다. 친구들을 위해 근질거리는 입을 애써
다물고 있었다. 절름발이로 분한 케빈 스페이시(Kevin Spacey)
가 등장하는 순간 나는 모든 흥미를 잃었다.

반전에 반전을 거듭해도 결과를 이미 알고 반전 영화를 보는 것은

정말 아쉽고도 가혹한 일이다. 혹여 당신이 이 영화의 결과를 모르고 봤다면 희대 최고의 반전 스릴러물의 시초를 제대로 만난 것이다. 축하한다. 영화 말미에 친구들은 감탄사를 연발했다. 나는 애꿎은 빨대만 씹어 대고 있었다. 김빠진 콜라를 마신 기분이랄까. 아니다. 콜라를 끓여 마시는 기분이었다.

몇 년 후, 〈식스 센스〉가 개봉했다. 나를 한 방 먹인 그녀에게 전화가 왔다. 당시 함께 스터디를 하던 중이라 하루에도 몇 번씩 통화할 때다. 다음 날의 스케줄을 조정 중이었다.

"그럼 숙제해서 내일 오후 2시에 만나는 걸로 하자고."
"그래. 오늘 다 할 수 있으려나. 안 되면 밤새껏 해야지."
"얼마 안 되는데 밤까지 새워? 지금 뭐하는데?"
"식스 센스 보러 왔어."
"그래? 브루스 윌리스(Bruce Willis)가 귀신이야!"

절대 의도하지 않았지만 난 즉각적으로 반응하고 있었다. 우연한 복수의 기회였다. 그녀의 비명은 절규에 가까웠다. 통쾌했다. 다음 날 친구는 지난 사건에 대한 공식 사과와 함께 원망 섞인 투덜거림을 늘어놓았다. 다시는 스포일러 하지 말자고 서로 굳게 약속했다.

바야흐로 스포일러가 곧 범죄가 되는 시대가 왔다. 주인공의 축으로 선 것은 영화 〈어벤져스: 엔드게임〉이다. 마블의 1세대 영웅들의 이야기로 지난 10년간 대장정의 마침표 같은 영화다. 사람들의 자발적인 참여는 물론 영화제작사까지 나서 전 세계적으로 스포일러를 방지하는 캠페인이 벌어졌다. 스토리를 미리 알게 될까 봐 전개되는 작전들은 눈물겨웠다. 개봉 당시 가끔 공중화장실이나 식당에서 친구의 비명 소리와 비슷한 절규를 듣기도 했다. 영화를 미리 본 사람들의 이야기를 비자발적으로 엿듣게 된 케이스가 생각보다 많았다.

영화를 보고 나서 내내 복잡미묘한 느낌이었다. 2008년 아이언맨의 탄생을 시작으로 2019년 아이언맨의 죽음과 함께 내 인생의 한 시기가 끝나 버린 기분이다. 오랜 친구를 떠나보내는 마음으로 뜨거운 안녕을 고했다. 영화를 같이 보고 헤어진 친구도 뭔가 아쉬웠는지 전화를 걸어왔다. 지하철 출입문 옆에 힘없이 기댄 채 작은 목소리로 통화하며 우리는 지난 시리즈를 회상했다. 그때까지만 해도 내 주변에서 일어나는 일을 눈치채지 못했다. 그러다 문득 사람들이 사라지고 있는 것을 발견했다.

스포일러는 전혀 없었다. 그러나 나는 내 눈앞에서 모세가 홍해를 가르는 기적을 보았다. 비좁지는 않았지만, 꽤 많은 사람이 지하철 한 칸에 있었다. 앉는 좌석도 비어 있지 않았다. 내게 가까이 있던 사람들이 슬금슬금 나에게서 멀리 떨어져 나갔다. 내 주변 좌석에 앉아 있던 젊은이들도 귀를 막고 조용히 일어났다. 순식간에 지하철 좌석 한 라인이 비었다. 혹시나 모를 스포일러를 피하기 위한 몸부림이다. 피식 웃음이 났다. 우리는 조용히 전화를 끊고 각자집에 도착할 때까지 자발적 침묵 상태로 들어갔다.

영화의 내용을 다 알고 보는 것만큼 허망한 것은 없다. 예상치 못한 반전만큼 흥미로운 것도 없다. 스토리가 주는 감동과 재미, 평범한 이야기 뒤에 숨겨진 의미들, 뻔한 전개 속에 이어질 반전을 기대하고 영화를 보러 간다. 무언가 꼬여 있는 상황에 변화의 틈이 생기고, 통쾌하게 역전되기를 기다린다.

잘난 사람들이 잘 먹고 잘사는 것을 보러 가지 않는다. 원래 뛰어난 사람이 더 뛰어나지는 것에 별 감흥을 받지 못한다. '대단하다', '부럽다'라는 생각은 가질지언정 깊은 유대감이나 가슴 한쪽이 아려 오는 찡한 감동을 느끼기는 어렵다. 굴곡도 없이 갈등도 겪지 않는 주인공의 스토리에서는 긴장도 의미도 감명도 찾을 수 없다. 복선이 없으면 그저 그런 당연한 이야기가 된다. 한 번 보기도 힘들뿐더러 다시 볼 맛도 없다. 누구에게나 다시 찾아보는 영화가 있다. 인생에 녹아들 만큼 여운을 남긴 작품은 볼 때마다 그 맛이 살아난다.

아이러니하게도 우리는 우리의 미래를 궁금해한다. 재미 삼아 타로점을 보고 점술가를 찾아간다. 해가 바뀔 때마다 운세를 뒤져 보고 미래에 벌어질 정답을 구하러 다닌다. 내가 어떤 사람인지 규정받고 싶어 하고 내가 어디로 가야 하는지 방향을 지시받기 원한다. 무슨 일을 해야 하는지 또는 하지 말아야 하는지 알려주기를 바란다. 스스로 들여다보기보다 남의 의견을 듣기 원한다. 자신이 어떤 모습으로 살아갈지 사람들에게 묻는다. 내 인생의 반전 카드는 이미 손에 쥐고 있음에도 말이다. 영화의 결말을 미리 아는 것은 절대 피해야 할 일이지만 미래를 알고 싶어 스스로 스포일러 하는 우리는 얼마나 역설적인가.

영화 개봉 초기에는 예매조차 할 수 없었다. 남들과 다르다는 이유로 경계 대상이었던 엉망진창의 개성체들이 총출동한다. 망치 들고 설치는 토르, 아군과 적군도 구분 못 하는 헐크, 최첨단 슈트를 입는 아이언맨, 한창 사춘기인 그루트, 활을 잘 쏘는 호크아이… 너무 많아 다 서술하기도 힘들다. 그러나 완벽한 단 하나의 주인공은 없다. 세상에서 패배자로 터부시되기도 하고 슬럼프에 빠져 헤어 나오지 못하기도 한다. 분노를 감당하지 못해 타락하기도 하고 자책하다 못해 스스로를 감춰 버리기도 한다. 아픔이 있고 문제가 있는 서로 너무나 다른 캐릭터 하나하나가 주인공이다.

그들은 위기 상황에서 서로를 찾기 시작한다. 서로에게 희망을 심어 주고, 위로하고, 사과하고, 격려하면서 회복하기 시작한다. 서로 다른 동료들과 갈등과 역경을 겪으며 자신의 모습을 발견해 간다. 타인을 위해 늘 자신을 희생해 온 사람이 자신을 위할 줄 알게되고, 자기 자신밖에 모르던 사람은 타인을 위해 희생을 기꺼이 감수하며 화합을 이루어 낸다. 자신의 약점을 강점으로 승화시키고 한계와 트라우마를 극복해 가며 지금까지 한 방향으로밖에 살 수 없었던 자신의 인생에서 다른 길을 선택하는 복수를 할 줄 아는 사람(avenger)이 되어 간다.

어벤져스에 그토록 열광했던 이유는 무엇이었을까. 그런 사람들이 영웅이라는 것을 우리가 이미 알고 있기 때문이 아니었을까. 우리 자신의 가능성이 그들에게 투영되었기 때문은 아닐까. 그들의 열정을 보면서 자신이 잃어버린 열정을 상기할 수 있기 때문이 아닐까. 우리 삶에도 반전의 복선들이 깔려 있음을 느꼈기 때문이 아니었을까.

그래서였을까. 영화를 보는 도중 도처에서 울음이 터져 나왔다. 이 영화를 보기 전까지 영화관에서 다 큰 남자들의 울음소리를 듣게 될 줄은 꿈에도 몰랐다. 특히 아이언맨이 죽는 장면에서는 깊은 탄식의 흐느낌이 쏟아졌다. 여자들보다 남자들이 더 슬피 울었다.

자신이 죽는다는 사실을 알고도 아이언맨이 마지막으로 한 말이 인상적이었다.

"I am Iron man."
나는 아이언맨이다.

그는 자신이 누구인지 알고 있었다. 자신이 어떤 존재이고 어떤 사람이고 어떤 사명을 가지고 있었는지 알고 기꺼이 죽음을 맞이한다. 자신을 발견하고 있는 그대로의 모습을 받아들였다. 아이언맨은 그의 마지막 대사처럼 관객 하나하나가 '나는 누구다.'라는 존재감으로 살아가길 바라지 않았을까.

영화를 통해 우리는 세상을 만나고 자신을 만난다. 커다란 스크린 이외의 모든 것은 셧다운 한 채로 몰입해 영화를 본다. 핸드폰을 끄고 대화를 줄이고 숨을 죽인다. 그리고 '쓸데없음' 에서 '쓸데 있음' 을 찾는다. 허구의 스토리에서도 기가 막히게 의미와 상징을 찾아낸다. 그렇다면 꿈이 사라지고 꿈이 일어나는 내 안의 공간에서도 얼마든지 미래를 움직일 가치를 찾아낼 수 있다.

미래를 알아 버리는 건 세상 최악의 역대급 스포일러다. 엉망진창인 듯하고 볼품없어 보이고 아무도 쳐다볼 것 같지 않은 인생에도 복선은 늘 숨겨져 있다.

자신을 가둬 두고 있는 내면의 틀을 깨고
나와 전혀 다른 사람들과 연대하며
서로의 신의를 지키고
자신을 발견하는 일은 세상을 구하는 일만큼 위대하다.

아이러니하게도 우리는 우리의 미래를 궁금해한다.
내가 어떤 사람인지 규정 받고 싶어 하고
내가 어디로 가야 하는지 방향을 지시받기 원한다.
무슨 일을 해야 하는지 또는 하지 말아야 하는지 알려주기를 바란다.
스스로 들여다보기보다 남의 의견을 듣기 원한다.
자신이 어떤 모습으로 살아갈지 사람들에게 묻는다.
내 인생의 반전 카드는 이미 손에 쥐고 있음에도 말이다.

동경하다

바다를 보러 갔다. 발가락 끝을 구붓하게 굽혔다. 모래알이 간질거린다. 옴질거리다 보면 어느새 파도가 다가와 모래를 데려간다. 부서지는 파도에 눈길을 뺏겨 가만히 바다를 보고 있노라면 빨려 들어갈 것만 같다. 끝없이 펼쳐진 바다는 두려움의 대상이면서도 사람을 묘하게 설레게 한다. 나를 집어삼켜 버릴 것 같은 느낌이 싫지 않다.

몇 해 전 처음 스쿠버 다이빙을 하던 날이었다. 맑은 건 하늘만이 아니다. 시리도록 푸른 코발트빛 바다에 끌려가듯 뛰어내렸다. 거친 파도가 이는 바다의 속살은 고요하기만 했다. 형형색색의 물고기는 황홀한 춤을 추었다. 하얗게 빛나는 산호초도 눈부셨지만, 절정은 따로 있다. 수면이 깊어질수록 어둡고 추워졌다. 간간이 가쁘게 쉬어지던 숨도 점차 안정을 찾았다. 어두운 깊은 바닷속에서도 물의 움직임이 느껴졌다. 고요함에 아무 소리도 들리지 않는다. 귀에는 나의 숨소리와 심장이 요동치는 소리만 들릴 뿐이다.

오로지 두 팔로 유영하며 바닥 표면에 이르렀다. 바닥에 손이 닿았다. 바다 깊이 묻힌 흙이 손끝에 느껴졌다. 손가락을 따라 흙이 일어난다. 태초부터 자유로운 의식도, 억눌렸던 감정도 해방의 순간처럼 일어난다. 흐느끼는 건지 기쁨의 표현인지 모를 탄성이 나왔다. 깊은 심연은 나를 사로잡았다. 이성적인 구분을 넘어서 형용할 수 없는 신비함이다. 옳고 그름, 깨끗함과 더러움, 선함과 악함, 아름다움과 추함의 경계를 넘어서 있었다. 그 순간 나는 없어졌다. 아니 그것과 하나였다.

어린 시절 학교에서 필독서로 읽었던 생텍쥐페리의 『어린 왕자』에는 이런 말이 있다.

If you want to build a ship,
don't drump up the men to gather wood,
divide the work and give orders.
Instead, teach them to yearn for the vast and endless sea.
당신이 배를 만들고 싶다면
사람들에게 목재를 가져오게 하거나
일을 지시하고 일감을 나눠 주는 일을 하지 말라
대신, 그들에게 저 넓고 끝없는 바다에 대한 동경심을 키워 줘라.

그때는 무슨 말인지도 모르고 읽었다. 허전한 마음을 달래러 바다를 만나러 오기도 하고, 설레고 들뜬 마음에 탁 트인 바다를 즐기러 오기도 했다. 바다는 언제나 한결같았다. 마치 변함없는 사람처럼 늘 그 자리에 있었다. 바다를 이해할수록 어린 왕자의 바다도 조금씩 가슴에 와닿았다. 배가 아닌 바다이고 싶었다. 크고 멋진 배보다, 바다 그 자체이고 싶었다.

세상의 크고 작은 물줄기가 모두 모여드는 곳.

이래서 싫고 저래서 안 된다가 없는 곳.

편견도 차별도 구별도 없는 곳.

어떤 것이든 가리지 않고 그저 담담히 받아 끌어안는 곳.

물 중에 가장 낮은 물, 바다다.

지구의 가장 낮은 곳을 채우고 있는 바다의 심해는 더욱 놀랍다. 깊이 들어갈수록 우리가 상상하는 것 이상으로 사람은 바다와 연결되어 있다. 세상 모든 것이 연결되어 있는 것처럼. 바다의 흙을 움켜잡고서야 응시해야 할 대상을 찾았다. '나'다. 지금 서 있는 이 장소와 시간이 나다. 그 시공간에서 느끼고 존재하는 나를 있는 그대로 바라보는 것이다. 무엇 하나 수식어를 달 필요가 없는 나를 알아보는 것이다. 내가 그런 것처럼 우리 모두 그러함을 알아채는 것이다.

수면 위로 올라가기 위해 시선을 옮겼다. 심연 속에서 태양은 하나의 별처럼 빛났다. 아득한 거리감을 좁혀 보려 핀을 찼다. 바다를 채운 부유물은 내 호흡의 공기 방울과 함께 다이빙 마스크를 스쳐 먼저 올라간다.

태초의 기억은 없지만 난 확신한다. 분명 엄마의 배 속, 자궁에서 세상 밖으로 나오기 직전 세상의 희미한 빛을 보았던 최초의 순간과 같았으리라. 결정적 순간은 영원으로 남는다. 단호하고 압도적으로 새겨진다. 수평선으로 떠오르는 순간은 다시 태어나는 것과 같았다.

소음과 대립, 소유와 경쟁을 초월하면 당신은 바다가 된다. 바람이 불고 물결이 흔들리고 파도가 치는 수면은 눈에 보이는 삶의 상황과 같다. 바다의 표면처럼 마음이 일렁인다. 계절이 오감에 따라 잔잔하기도, 비바람이 몰아치기도 한다.

심연을 품은 바다의 깊은 곳은 놀랍도록 한결같다. 수심 200m 이상의 바다를 심해라 하지만 바다의 평균 깊이는 3,730m다. 산보다 더 깊은 심해다. 아직까지 아무도 말해 주지 않는 곳, 누구도 데려갈 수 없는 곳이다. 바닷속 그곳처럼 내면 깊숙한 곳에는 요동침도 흔들림도 없는 근원의 평화가 있다. 생각 깊이 들어가 응시하고 관찰하고 느낌으로써 매번 다시 태어나게 할 심연이 그것이다.

존재의 광활함과 깊이를 안다면 수면 위에서 무슨 일이 일어나든 세상과 더불어 놀 수 있다. 자기 자신으로 존재할 수 있는 사람은 파도에 압도당하지 않고 파도를 즐긴다. 변덕스럽고 수다스러운 잔물결이 자신을 방해할 수 없음을 안다.

배를 만들 필요가 없다.
사람들에게 목재를 가져오게 하거나,
일을 지시하고 일감을 나눠 주는 일을 할 필요도 없다.
대신, 저 넓고 끝없는 바다가 돼라.
당신이라는 바다를 동경할 만하지 않은가.
바다가 부르는 소리가 들리는가.
당신을 부르는 소리다.

당신의 삶과 일에
행복과 도움 주는 이야기 '비즈토크북'

전략적 세일즈

전략적으로 세일즈하라.
세일즈맨과 비즈니스맨을 위한
마케팅 필독서!

더블 세일즈

내가 하는 사업은 왜 매출이 저조할까?
매출 부진에 고민하는 자영업자들이
꼭 알아야 할 세일즈 실천 사례들!

저자는 모든 『전략적 세일즈』 상황에서 자신을 비교 우위에 서게 만드는 자아 이미지를 개발하고, 더 나은 판매 결과를 보장하는 고객의 감정 요인들과 문제 해결책에 집중하여 고객의 가장 중요한 관심사를 찾아내 상품이나 서비스로 그것을 충족시키는 것이 세일즈의 핵심 요소이며 당신도 세일즈 전문가가 될 수 있다고 말한다.

브라이언 트레이시 지음 | 홍성화 번역 | 541쪽
값 22,000원

『더블 세일즈』는 치열한 무한 경쟁의 시장 상황에서 고객 발굴 방법을 몰라서 발을 동동 굴리고, 미미한 접객 노하우로 실수투성이인 자영업자가 당장 현장에서 실천할 수 있는 해결 방안을 찾도록 다양한 아이디어와 실마리를 제공한다. 어떻게 하면 고객 관계를 강화해서 매출을 높일 수 있을지에 관한 다양한 아이디어들을 이 책에서 얻게 될 것이다.

조환성 지음 | 288쪽 | 값 14,000원

마이셀프 (mp3 CD 포함)

행복과 성공의 밑거름이 되는
강력한 한마디 "나는 내가 좋다"
'나' 주식회사의 CEO가 되라!

열망을 생각하다

현대 성공학의 변함없는 고전
13가지 성공 원칙으로 확립된
나폴레온 힐의 성공 철학!

브라이언 트레이시는 성공이란 자신이 원하는 것이
무엇이고 어떻게 하면 이룰 수 있는지를 끊임없이
묻는 데에서 찾을 수 있다고 말한다. 스스로 목표를
정한 후 많이 시도하고 절대 포기하지 않는다면
그 목표를 달성할 수 있고, 그렇게 계속해 가다 보면
결국 성공에 다가설 수 있다고 주장한다. 저자는
이 책에서 행복과 성공을 추구하는 모든 이에게
단순하지만 가장 중요한 삶의 핵심을 간결하게
제시하고 있다.

브라이언 트레이시 지음 | 조환성 번역 | 컬러 272쪽
값 15,000원

나폴레온힐의 『성공의 법칙 The Law of Success』에
기초한 『Think&Grow Rich』는 1937년 출간된 후
오늘날까지도 그대로 적용할 수 있는 성공 철학을
담고 있는 성공학의 고전이다. 열망이야말로 책에
담긴 13가지 성공 원칙들을 통해서 당신에게 부를
안겨주는 매개체이며, 이 성공 원칙들과 기술들을
배우고 적용한다면 성취감을 얻고, 성공의 비밀을
정복할 수 있다. 그리고 인생에서 진정으로 바라는
것을 무엇이든 얻게 될 것이다.

나폴레온 힐 지음 | 홍성화 번역 | 299쪽
값 13,000원